小学館文庫

死ぬがよく候〈一〉
月

坂岡 真

小学館

目次

島原《しまばら》の女狐《めぎつね》　9
五個荘《ごかしょう》の女　94
鯖江《さばえ》の殺し　173
大聖寺《だいしょうじ》の仇討ち　247

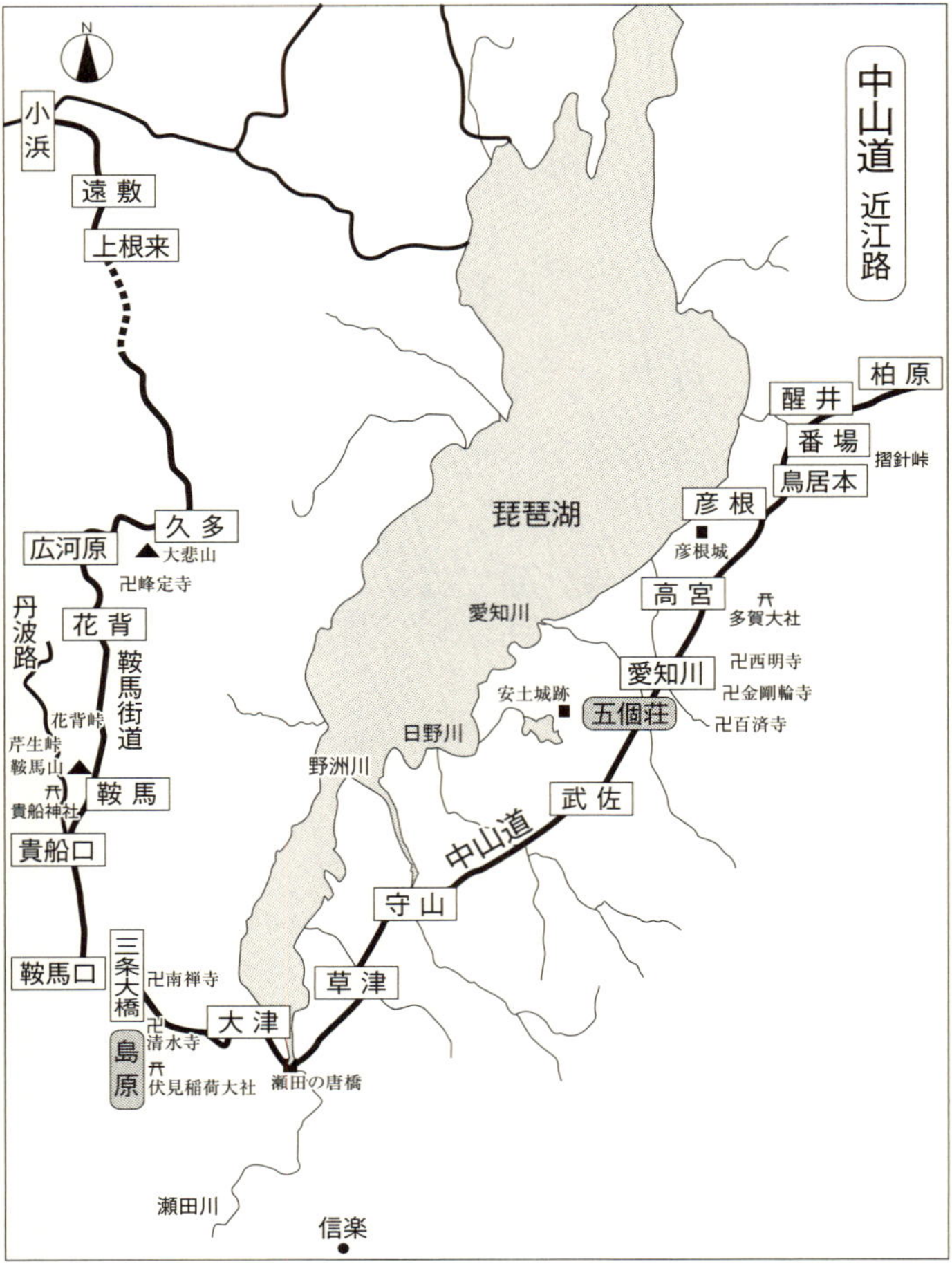

中山道 近江路
小浜
遠敷
上根来
久多
大悲山
広河原
峰定寺
丹波路
花背
鞍馬街道
花背峠
芹生峠
鞍馬山
鞍馬
貴船神社
貴船口
鞍馬口
三条大橋
南禅寺
清水寺
島原
伏見稲荷大社
大津
瀬田の唐橋
瀬田川
信楽
草津
守山
中山道
武佐
野洲川
日野川
安土城跡
五個荘
愛知川
百済寺
金剛輪寺
西明寺
多賀大社
高宮
彦根城
彦根
鳥居本
摺針峠
番場
醒井
柏原
琵琶湖

北国街道 加賀路
日本海
犀川
金沢
野々市
松任
粟生
寺井
安宅関
小松
手取川
加佐ノ岬
動橋
山代温泉
大聖寺
東尋坊
橋
卍実性院
九頭竜川
細呂木
金津
長崎
舟橋
北庄
卍永平寺
浅水
鯖江
一乗谷
水落
上鯖江
府中
今宿
脇本
鯖波
敦賀湾
湯尾
冠山
今庄
板取
栃ノ木峠
中河内
北国街道
椿坂
柳瀬
伊吹山
木之本
竹生島
長浜
関ヶ原
米原
鳥居本
琵琶湖
彦根

死ぬがよく候〈一〉 月

天保《てんぽう》八年　如月《きさらぎ》

島原《しまばら》の女狐《めぎつね》

一

目も開けられぬ。
凄《すさ》まじい吹雪《ふぶき》だ。
伊坂八郎兵衛《いさかはちろべえ》は六尺余りのからだをまるめ、また一歩膝《ひざ》を繰りだした。
角張った顎《あご》を引きよせ、苦しげに前歯を剝《む》いてみせる。
「ぬおっ」
吼《ほ》えた。
一本に繋《つな》がった眉《まゆ》に炯々《けいけい》とした双眸《そうぼう》、太い鷲鼻《わしばな》にへの字に曲がった口。
異相である。
まるで、迷宮をさまよう猛獣のようだ。

――南町の虎。

と、呼ばれたこともあった。

江戸の南町奉行所で隠密廻《おんみつまわ》りを勤めていたころのことだ。

刀をとらせれば右に並ぶ者はおらず、与えられた役目は粛々とこなす。

悪党どもには恐れられ、上役や同僚には一目置かれていた。

すべては過去のはなしだ。

事情《わけ》あって朋輩を斬り、江戸を捨てた。

家名が傷つかぬように籍を抜くと、母は泣いたが、厳格な父は口も利《き》かなかった。

姉はわずかな路銀《ろぎん》を持たせてくれ、気が向いたら便りのひとつも寄こしてほしいと囁《ささや》いた。

肉親の情けを振りきって、当て処《ど》もない旅に出た。

恋情《おもい》を寄せていた許嫁《いいなずけ》にも別れを告げてはこなかった。

おそらく、死んだことにされているにちがいない。生きたければ死んだことにし、身分も家も捨て、新しい自分に生まれかわって江戸を出なければならなかった。

もはや、多くは語るまい。

東海道をひたすら西へ向かってきた。

とりあえず今は、京の三条大橋をめざしている。

許しを請《こ》う旅だ。もう二度と、元居たところへ戻ることもあるまい。からだをいじめ抜くことでしか、罪業から逃れる術《すべ》はなかろう。人知れず路傍《ろぼう》に朽《く》ちはてるまで、業《ごう》を背負って歩まねばならぬ。

この世に一抹の未練があるかぎり、生きるべき理由を探しつづけねばならぬ。街道の終わりまで行けば、傷ついた心を慰《なぐさ》めてくれる何かが待っているかもしれない。生きるべく、新たな指標をこの手に得られるかもしれない。

わずかでも希望を持つことができれば、自然の猛威にも耐えられる。

だが、吼えくるう吹雪は五体から温かみを奪い、安直な考えを削りとっていく。

「……寒い」

八郎兵衛は空《から》っぽの腹を抱えながら、一寸先もみえぬ白い隧道《すいどう》を漕《こ》ぐように進んでいった。


雪は熄《や》み、西の空は朱《あけ》に染まっている。

京は粟田口《あわたぐち》の手前、南禅寺《なんぜんじ》のかたわらに一宇《いちう》の朽ちかけた小寺があった。

南禅寺の門を敲《たた》いてもよかったが、八郎兵衛はみずからのうらぶれた風体に気後れを感じ、かたむいた門のほうへ足を向けた。

「たのもう、たのもう」

声を振りしぼると、福々しい顔の住職があらわれ、運良く草鞋《わらじ》を脱がせてもらうこととなった。

「いかがなされた」

「手許《てもと》不如意のうえに腹を空《す》かしておる。ひと晩、軒下を貸してもらえぬか」

太々しい態度だ。

住職は眉をひそめながらも、あたたかいことばをかけてくれた。

「それは難儀なことじゃ。ささ、おあがりなされ」

寒々とした伽藍《がらん》にとおされ、須弥壇《しゅみだん》に顔をむけて胡座《あぐら》をかく。

しばらくすると、賢そうな小坊主がうやうやしげに膳《ぜん》をはこんできた。

薪《まき》を節約したのか、味噌汁には湯気が立っておらず、具の一片もみつけられない。

膳には飯碗もなく、平皿に高野豆腐と菜漬けが盛ってあるだけだ。

精進料理にしても簡素すぎる。

それでも、ないよりはいい。

ありがたく、頂戴するとしよう。

汁椀をもつ手が震えた。

寒さのせいばかりではない。

酒が欲しい。

小坊主がみていた。

色白で栗鼠《りす》のような目をした小童《こわっぱ》だ。

住職の伽《とぎ》をやらされる寺小姓《てらこしょう》というやつか。

よこしまな想像をしながら、冷たい味噌汁をひと息に流しこみ、高野豆腐と菜漬けを食う。

去りかけた小坊主が立ちもどり、緊張の面持《おもも》ちで膳をかたづけはじめた。

畏怖と好奇を滲《にじ》ませた栗鼠の瞳は鏡となり、飢餓地獄の鬼を映しだす。

わしの顔か、これが。

八郎兵衛は愕然《がくぜん》とした。

空恐ろしいほどに、うらぶれている。

「おい、小坊主」

「は、なにか」

「いや、よい。よいのだ」

――酒をくれ。

喉《のど》まで出かかった台詞《せりふ》を呑《の》みこむ。

禅寺に酒など、あろうはずもない。

脇に置いた大小に目を遣《や》る。

いっそ、売ってしまうか。

それほど、切羽詰まっている。

小坊主と入れかわりに、住職があらわれた。

袈裟《けさ》の裾《すそ》を引きずり、滑るように近づいてくる。

「旅のおひと、江戸からお越しか」

「よくぞ見抜かれたな」

「御仏のお告げじゃよ」

「御仏の」

「いかにも」

住職の風雅な物言いには、災いの兆しが感じられる。

八郎兵衛は促されるまま、ぽつぽつと経緯《いきさつ》を語りはじめた。

「大津宿で路銀を掠《かす》めとられてな」

「ほう、大津で」

不運の原因《もと》は酒だった。

東海道を突っきり、生涯初の来訪となる京の都を指呼《しこ》においた。

安堵《あんど》した途端、長旅の疲れがどっと出た。木賃宿で深酒をして寝込み、隣に座っていた薬売り風の夫婦に路銀をそっくり盗まれた。後生大事に携えてきた蓄財のすべてが、胴巻きごと泡沫《あわ》と消えてしまったのだ。

「ははあ、それは善人顔を装った枕探しじゃな。獲物が侍ならば大酒を呑ませて酩酊《めいてい》させ、寝入った隙《すき》に金品を掠めとる。商人ならば美人局《つつもたせ》を仕掛け、なんやかやと難癖をつけて内済金を騙《だま》しとる」

「美人局か」

「江戸にはござらぬのか」

「あまり聞かぬ」

「屏風《びょうぶ》の裏に亭主を隠し、間男《まおとこ》を釣る釣り女。こうした不逞《ふてい》の輩《やから》は室町のはじめよりござってな、わけても洛中には多い。京のおなごゆえに、なせる寝技やもしれぬ。なよやかなふうを装い、手練手管をつかって男をたばかる。おなごは魔物じゃ、お気をつけなさるがよい。と、言うたところで、いまさら後の祭りじゃろうがの、うほほ」

住職はさも嬉しそうに嗤《わら》い、蒼々《あおあお》としたあたまをぴしゃぴしゃ叩く。

「旅は人生、人生に不運はつきものじゃ。さっぱり、あきらめなされたがよかろう」

よくみれば、頭の随所に剃刀《かみそり》の傷痕が見受けられ、胡散臭《うさんくさ》い感じのする坊主だ。

案の定、ひとつ頼まれてはくれぬかと、住職は切りだした。

「拙僧《せっそう》も災難に見舞われましてな、昨晩のことじゃ」

須弥壇の奥に安置されていた御本尊の観音菩薩《かんのんぼさつ》が、厨子《ずし》ごと盗まれてしまったという。

御本尊には金箔《きんぱく》がほどこされてあった。

おおきさは一尺そこそこだが、伝来の如意輪《にょいりん》観音菩薩である。

盗まれたとなれば、住職も咎《とが》めは免れない。

「それゆえ、檀家は無論のこと、お上への届出もできぬ始末」

すっかり困りはてているところへ「救いの仏があらわれた」などと、調子の良いことをぬかす。

「ちかごろの洛中は物騒での、大天狗《おおてんぐ》党やら小天狗《こてんぐ》党やらと名乗り、徒党を組んでは悪逆非道を繰りかえす無頼漢どもが跳梁《ちょうりょう》しておる。まずは、そうした輩のしわざじゃろうて。でな、幸いにも、盗人《ぬすっと》どもの隠れ家はわかっておるのじゃ」

さきほどの小坊主が雪上に点々とする足跡を丹念に追いかけ、隠れ家を突きとめてきたらしい。

「どうであろうの。拙僧のために、ひとはだ脱いではくださらぬか」

「それがしに御本尊をとりもどせと」

「いかにも」

「なぜ」

「失礼ながら、おてまえの面相が奇瑞《きずい》の徴候をしめしておられるからじゃ。一本に繋がった眉といい、でかすぎる目鼻といい、厚ぼったい丹唇《くちびる》といい、信義にことのほか厚い人物の相でもある。千人にひとり、いや、万人にひとりみつけられるかどうか」

ますます、胡散臭い。

だが、まんざらでもない様子で、八郎兵衛は鼻をほじる。

「万人にひとりか」

「禍福《かふく》はあざなえる縄のごとしと申す。おてまえはかならずや、幸運に恵まれることじゃろう。無論、人助けをすればのはなしじゃ。物腰から推すに、廻国修行の途上とお見受けいたす。ちがいますかな」

ちがうとも言わず、八郎兵衛は住職から目を逸《そ》らす。

なるほど、鬼気迫る面持ちは武芸者然としているが、そこいらを徘徊《はいかい》する不逞浪人とみえなくもない。

もとより、道を究《きわ》めようとする武芸者と野良犬とでは生き方に雲泥《うんでい》のひらきがあるものの、両者の見分けはつきにくい。どちらも、餓《う》えているからだ。

「あ、いや、おこたえいただかなくとも結構」

住職はひらりと掌《て》をあげ、勝手にはなしをすすめる。

「剣技のほどは一目瞭然じゃ。おてまえは尋常ならざる遣い手であらせられるに相違ない」

「これはまた、ずいぶんともちあげる」

「ご謙遜なされますな。剣の道は禅に通じると申す。生《しょう》を明《あき》らめ死を明らむるは仏家一大事の因縁なりとな、かの道元《どうげん》禅師も剣禅一如《けんぜんいちにょ》の精神を謳《うた》っておられる。おわかりかな」

「まあ、なんとなくは」

「おてまえは、人を斬ったことがおありじゃろう。拙僧にはわかりますぞ。修羅《しゅら》の道をくぐってきたものの眼差《まなざ》しは、隠しおおせぬものじゃ」

「弱ったな。厄介事に関わりたくはないのだ」

八郎兵衛の返答にたいし、住職は「一宿一飯の恩義は山よりも重いぞ」と目顔で訴えかけてくる。

冗談じゃない。

具のない味噌汁と高野豆腐で厄介事を押しつけられてはたまらぬ。

ずんと気が重くなった。

頬《ほお》の垂れた住職の顔が狢《むじな》にみえ、八郎兵衛の顔は膨れ面《つら》に変わっていく。

「ただでとは申さぬ。報酬を出しましょうとも」

「報酬」

「ふむ、御本尊がもどったあかつきには、金一両を進呈いたそう」

「たった一両か」

「およ、ご不満か。なれば前金で一両、あとは賊の数に応じて一両ずつ」

「待ってくれ。それは暗に賊を斬れと言うておるようなものだ。住職、殺生《せっしょう》は仏の道に背くのではあるまいか」

「はてさて、耳が聞こえぬ。こりゃ奇怪《きっかい》なことじゃ。まったく聞こえぬようになってしもうたわい」

住職は惚《ほう》けたふうを装い、眼差しを宙に遊ばせた。

いっそう、狢にみえてくる。

「おかしな坊さまだ。賊ひとりの命が一両か。三人ならば三両で、五人ならば五両。そういう勘定でよいのだな」

「やる気になられたか」

「百人ならば、どうする」

「およ、百人も斬る気かね」

「まさか」

素寒貧《すかんぴん》の野良犬にとっては悪くないはなしだ。

八郎兵衛は両肘《りょうひじ》を張り、ぐっと身を乗りだす。

「やるだけのことはやってみよう。さっそく、今から参る。前金をくれ」

「ありがたや。拙僧が見込んだだけの御仁《ごじん》じゃ。では一両」

最初《はな》から用意していたのか、住職の懐中から山吹色の小判が顔を出す。

八郎兵衛は小判を摘《つま》み、袖《そで》のなかへ仕舞いこんだ。

「おう、そうじゃ。おてまえの御姓名を訊《き》いておらなんだ」

「名乗るような者ではないが、伊坂八郎兵衛と申す」

「なれば伊坂さま、これを携えておいきなされ」

住職は満面の笑みをかたむけ、背中に隠しもった竹筒を差《さ》しだす。

「般若湯《はんにゃとう》じゃよ。呑まねばほれ、手の震えが止まらぬのであろう」

「……か、かたじけない」

八郎兵衛はきまりわるそうに頭をさげ、滲《にじ》みでた唾《つば》を呑みこんだ。

「ご住職、して、盗人どもの隠れ家は何処《いずこ》に」

「ふむ、そこが肝心なところじゃな」

狢顔の住職は腕を組み、ぼそりとこぼす。

「一条戻橋《いちじょうもどりばし》」

と聞き、八郎兵衛は顔をしかめた。

二

死者の霊魂を呼びよせたければ、一条戻橋へ向かえという。

甦《よみがえ》りの伝説は平安中期、陰陽《おんみようじ》師の安倍晴明《あべのせいめい》が亡き父を法力で蘇生させたことに起因する。橋向こうには「化生《けしよう》の者」と畏怖された晴明を祀《まつ》る神社があり、橋下の暗がりには晴明の眷属《けんぞく》として知られる式神《しきがみ》たちが控えている。

尻込みをする気はないものの、足が重くなったのはたしかだ。

八郎兵衛は一条戻橋へ行かず、暮れなずむ市中をうろついた。

錦小路で古着屋をみつけ、黒橡《くろつるばみ》の袷《あわせ》と霰小紋《あられこもん》の袖無《そでなし》羽織と軽衫《カルサン》を手に入れる。

水の張られた桶《おけ》を借りて顔を映し、研《と》いだ小柄《こづか》で器用に髭《ひげ》を剃《そ》りあげると、まっすぐ島原へむかった。

「迷いがあるなら、島原へ行け」

荒れ寺の住職は、仏に仕える者らしからぬ台詞を吐いた。

「かならずや、おのれだけの観音菩薩をみつけることができよう」

真剣な面持ちで口走り、八郎兵衛をその気にさせたのだ。

華々しい廓《くるわ》は洛西の朱雀《すざく》にある。

島原の乱が鎮まったのちの寛永《かんえい》十七年、六条三筋町から移された。

当時の客は悪所通いを「いざ、島原攻略」と戯《ざ》れた。

ゆえに、島原という。

大門は東に位置し、土塀で囲まれた敷地の外には濠《ほり》が巡《めぐ》らされてある。

つくりが城郭に似ているところから、曲輪《くるわ》と呼ばれるようになったらしい。

濠に架かる橋の名は思案橋と衣紋《えもん》橋、大門手前にはさらば垣が築かれ、見返り柳も植えられている。

男心を擽《くすぐ》るこうした仕掛けのすべては、江戸の吉原《よしわら》にまねされた。

八郎兵衛は張見世《はりみせ》を素見《ひやか》して歩き、太夫町東の『三文字屋《さんもじや》』という小見世の暖簾《のれん》をくぐった。

挑《いど》むような眼差しが気になった。

相手は、太夫《たゆう》や鹿恋《かこい》と呼ばれる位の高い遊女ではない。

安価な端女郎《はしじょろう》だ。

若い衆に案内されたのは、一階の廻し部屋だった。

天井から大きな八間《はちけん》が吊《つ》るされており、敷居の内は真昼のように明るい。

何十畳もある大広間は一間四方の屛風で仕切られ、大勢の女郎が男どもの相手をしていた。

「葛葉《くずのは》どす。よろしゅうに」

衣擦《きぬず》れとともに、色の白い端女郎が屛風の隙間からあらわれた。

八郎兵衛は、はっとして息を吞む。

女郎が許嫁《いいなずけ》にみえたのだ。

なるほど、よく似ている。

艶《つや》のある狐目の女だった。

薄紫の地に藤の花を白く抜き、裾模様に雨竜《あまりゅう》を散らした合着を纏《まと》っている。

齢《よわい》は二十歳《はたち》を過ぎたあたりか。

化粧は薄く、おちょぼ口に朱をさしている程度で、鼻がつんと上を向いていた。

「張見世の隅に控えておったな」

「お見立ていただいて、嬉しゅうおす」

葛葉は片えくぼをつくる。

愛らしく微笑《ほほえ》んでみせた顔は、許嫁とまさに瓜ふたつだ。

張見世で惹《ひ》かれたのは、そのせいかもしれない。

八郎兵衛は平静を装った。

「隣の声がやかましいな」

「興醒《きょうざ》めどすか、お部屋をとりまひょか」

「いいや、それにはおよばぬ」

遣手婆《やりてばばあ》に金を握らせれば、二階の部屋をあてがってもらえる。

だが、そんな余裕はない。

「酒をくれぬか」

葛葉の指示で、禿《かむろ》が酒肴《しゅこう》をはこんでくる。

酌をする白い手を眺めながら盃《さかずき》をかさね、銚子を二本空にしたところで居心地が良くなってきた。

「お江戸から」

「わかるのか」

「なんとはなしに」

「京は初でな、これほど寒いとはおもわなんだ」

「ほんになあ、灌仏会《かんぶつえ》のころに来はったらよろしゅうおましたのに」

「卯月《うづき》か」

「八日どす。ほかほかと暖かい季節でな、花の匂《にお》いが香《かぐわ》しいのやわ」

卯月八日、町の衆は家々の屋根に花の塔を飾りたてる。紫陽花《あじさい》や卯の花を竿《さお》のさきにつけ、九輪の塔にみたてたもので、これがじつに美しいのだと、葛葉は瞳をきらきらさせる。

「甘茶で墨を擦《す》ってな、虫除《むしよ》けの呪《まじな》いを紙に書いて厠《かわや》に貼りますのや」

「ほう」

鴨川《かもがわ》の水もぬるみ、季節が夏に向かっていくころのはなしだ。

「おもうてみただけでも、ぬくみはりますやろ」

良いおなごだなと、八郎兵衛はおもった。

京には御所や著名な神社仏閣があり、おなごたちは柔らかく包みこむようなことばをはなす。

「なんとお呼び申しあげまひょ」

「八郎兵衛でよい」

「ほなら、八さまは嵐を連れてきはったようや」

「嵐を」

「大悲山荒《だいひさんあれ》でおます」

大悲山とは都の北面に聳《そび》える霊山のことで、鞍馬《くらま》街道を五里ほど北上した花背《はなせ》村を登り口とする。山の中腹には峰定寺《ぶじょうじ》という古刹《こさつ》があり、如月十八日には観音会が催《もよお》される。

「四日もさきではないか」

「ほんでも、今宵《こよい》あたりから嵐になりますえ、きっとな」

観音会のころは、かならずといってよいほど京に大雪が降るという。町の衆はこれを「大悲山荒」と呼んで畏《おそ》れ、家々の枢戸《くるるど》を閉めきって風雪を凌《しの》ぐらしい。

「月が出ておったぞ」

「お月はんは気まぐれや。好いた男のようや」

「ほう、好いた男がおるのか」

「たとえばなしでおます」

「まあよいわ。酒を注《つ》いでくれ」

「へえ」

差しだされた白い手首を握り、すっと引きよせた。

銚子が畳にころがり、どくどくと酒がこぼれる。

葛葉は目を閉じ、貪《むさぼ》るように唇を求めてきた。

八郎兵衛は、面食らったように顔を背《そむ》ける。

「すまぬ。京女は格式張って、情にとぼしい。そのうえ、水のごとく淡いものだと聞かされておったのでな」

「うふふ、京女は情にもろいんよ。好いた殿方には、とことん尽くします」

裏切られたというおもいが、邪淫《じゃいん》を掻《か》きたてる。

八郎兵衛は迷いを捨て、葛葉の口を吸った。

柔らかい。

芽吹きの近い蕾《つぼみ》のようだ。

帯を解《ほど》き、裾のなかへ手を滑らす。

内腿《うちもも》を撫《な》でてやると、葛葉はからだを強張《こわば》らせた。

細長い鼻孔を膨らませ、熱い吐息を吹きかけてくる。

「おまえさまは、死に急ぐ獣のようや」

「さよう、わしは獣だ」

襟《えり》もとに手を差しいれ、熟《う》れた乳房をわさりと摑《つか》む。

「……うっ」

女の重みがしなだれかかり、鬢《びん》の油が匂いたった。

汗ばんだ首筋には、ほつれ毛がへばりついている。

葛葉はくっと顔をあげ、挑むように睨《にら》みつけてきた。

「その目だ」

おもわず、八郎兵衛は身を引いた。

「どうしなんしたえ」

「張見世のとき、なぜ、わしを睨んだ」

「睨んでなど」

「おらぬと申すか」

「へえ」

「嘘を吐《つ》くな」

「嘘やない。さ、抱いておくれやす」

葛葉は波のようにからだをうねらせる。

八郎兵衛の腕に抱かれ、やがて、妙適《みようてき》を迎えていった。

ただの客と遊女にすぎぬのに、深い情がかよったように感じられてならない。

「お泊まりになったらよろしいのに」

葛葉は甘えた声で、耳に囁きかけてきた。

「お花代なら、今度でもええよ」

「今度と化け物には二度と逢えぬぞ」

「八さまと添い寝しとうなったんよ」

「嬉しいが、そろりと行かねばならぬ」

「どちらまで」

「一条戻橋」

途端に葛葉は眉をひそめた。

「晴明はんのところやね」

「ふむ」

「ひとを殺《あや》めはるんか」

勘の良いおなごだ。

「やめておくんなはれ」

「住職と約束を交わした。行かねばならぬ」

「交わしはった約束は、死んでも守りはるのんか」

「わしに取り柄があるとすれば、それだけかもしれぬ」

「なら、戻ってきてくれはる」

「えっ」

「約束してくれはりますか」

「ん、ああ」

「きっとね、指切りげんまん」

廓の約束は一夜かぎりのものにすぎぬ。

わかっていながら、小指と小指を絡《から》ませる。

「宿縁どす」

葛葉は瞳を潤ませた。

「おぬし、泣いておるのか」

「へえ」

「なにが、それほど悲しい」

「おまえさまの悲しみが、手に取るようにわかるのどす」

葛葉はさめざめと泣きながら、必死にしがみついてくる。

「……お、おぬし」

なにゆえ、こうまで胸を締めつけられるのか。

八郎兵衛は、おのれの心持ちをはかりかねた。

食うために春を売る遊女に、別れも告げずに捨ててきた許嫁の幻影を求めているのだろうか。

ひょっとしたら、観音菩薩をみつけたのかもしれないとさえおもった。

島原の大門をひとたび出れば、冥府《めいふ》の入口はほど近い。

八郎兵衛は葛葉の腕を解き、重い腰を持ちあげた。

三

死者の甦りのみならず、一条戻橋にまつわる奇怪な伝説は枚挙に暇《いとま》がない。

悪鬼の酒呑童子《しゅてんどうじ》を退治した源　頼光《みなもとのらいこう》と渡辺　綱《わたなべのつな》に関わる伝説はこうだ。

　あるとき、綱は頼光の言いつけで一条大宮までおもむき、帰路、戻橋で美しい女《にょ》性《しょう》と出逢った。五条の家まで送ってほしいと請われ、馬に乗せたところ、女性は鬼に変化《へんげ》し、綱の髻《もとどり》を摑んで空へ飛んだ。綱は咄嗟《とっさ》に名剣「髭切《ひげきり》」で鬼女の片腕を斬りおとし、事なきを得た。

　綱のはなしに驚いた頼光が晴明に相談すると、鬼の腕を朱櫃《しゅひつ》に入れて封印し、七日間の祈禱《きとう》をおこなうようにとのことだった。指示どおり、頼光が邸《やしき》で仁王《にんのう》経を読誦《どくしょう》しているところへ、母に化けた鬼女が腕をとりもどしにあらわれた。鬼女は頼光に首を打たれながらも邸の破風《はふ》を突きぬけ、愛宕《あたご》山の栖《すみか》へ逃げかえったという。

　町の衆はこうした伝説の数々を信じ、一条戻橋にはあまり寄りつきたがらない。ために、盗人どもの恰好《かっこう》の隠れ家ともなっている。

　その点、江戸の侍ならば動じることはなかろうというのが、狢に似た住職の思惑でもあった。

　八郎兵衛にしてみれば、どうでもよいことだ。

　まさか、身の丈二十丈もの怪物や口の裂《さ》けた鬼女が飛びだしてくるわけでもあるまい。

　飛びだしてきたところで、それはそれで面白いではないか。

　おのれが渡辺綱になればよい。

小雪のちらつく戻橋のたもとで、八郎兵衛は半刻《はんとき》余りも佇《たたず》んでいる。
枝垂《しだ》れ柳の根もとで身じろぎもせずに、盗人どもを待ちわびていた。
なるほど、尋常ならざるものの妖気が橋の周辺にさまよっている。
暗闇に目を凝《こ》らせば、式神たちが躍《おど》りだしそうな気配もあった。
川面《かわも》に揺れるのは、十三夜の寒月だ。
月影は皓々《こうこう》と、一面の雪景色を照らしつくしていた。
それにしても、冬の京都は江戸よりも格段に冷える。
足の爪がひりひりと痛むほどの凍《い》てつきようだ。
「たまらぬ」
八郎兵衛は白い息を吐き、かさねた掌を擦《こす》りあわせる。
痩《や》せた長身を猫背に折りまげ、四角い顎を突きだした。
長太い鼻も厚い丹唇も尖《とが》り、ぎょろりと剝いた眸子《まなこ》までが三角に尖っている。
まるで、写楽の描いた役者絵のような顔だ。
一度目にしたら、忘れられない。
だが、何事も目立ちすぎるのはよくない。損をする。
町奉行所では「目立たぬことがなにより」と、年番方与力に諭《さと》された。
ましてや、隠密廻りならなおのことだ。

目立つ風体のうえに酒乱の癖があるとなれば、上役からは胡乱《うろん》な目でみられる。

八郎兵衛は酒席で酩酊したあげく、みなの面前で町奉行所のお偉方を罵倒したことがあった。

上には媚《こ》びへつらい、下には威張りちらす。江戸の治安を守る大義を忘れ、せっせと袖の下を貯めこみ、保身のみに心血を注《そそ》ぐ。そんなお偉方にむかって、常日頃の憤《ふん》懣《まん》を腹の底からぶちまけてやった。

腹を切れと命じられたら、その場で切っていたかもしれぬ。

ところが、腰抜けのお偉方には命じるだけの覚悟もなかった。

存念をぶちまけてすっきりもしたし、同僚からはあとで喝采を浴《あ》びた。

ただ、両親や縁者には迷惑をかけた。十数年も勤めあげた役目を解《と》かれそうになったが、同役を長く勤めて隠居していた父が命懸けで許しを請《こ》うたおかげで事なきを得た。

今となっては、それも懐かしい思い出のひとつにすぎぬ。

おもえば十手を預かった当初から、はぐれ者の一匹狼だった。

反骨を気取って気に食わぬ相手とぶつかり、まっとうな者の歩む道から大きく逸れてしまったのかもしれない。

だが、そんなことはどうでもよい。

無性に酒が欲しい。

おなごの温《ぬく》もりが欲しい。

「……葛葉」

情けを掛けてくれた端女郎に、惚れてしまったのだろうか。

それとも、優しくしてくれる相手を求めているだけなのか。

「ともあれ、逢いたい」

もういちど逢って、葛葉を抱きしめたい。

八郎兵衛は、抑えがたい気持ちを持てあました。

廓に揚がるには金がいる。酒を呑むにも金がいる。

ゆえに、住職の依頼を請けおった。

酒と女のために、見も知らぬ誰かを斬ることになるだろう。

「かまわぬ。やってやる」

平気で物を盗み、おなごを犯し、人を殺める悪党どもに引導を渡すのだ。罪無き者を殺めるわけではない。

風が吹き、柳の枝に頬を撫でられた。

まるで、雪女に指先で触られたかのようだ。

霰小紋の袖無羽織は、すでに凍《こお》りついている。

総髪は固まり、太い両鬢はそっくりかえっていた。

面の皮を少しでも動かせば、眉の剛毛がぱりぱりと音を起《た》てる。

「くそ」

呑めば呑むほど、酔えば酔うほど剣が冴《さ》えるというのなら、躊躇《ちゅうちょ》なく居酒屋の縄暖簾を振りわけているところだ。

金さえあれば、呑まずにはいられない。

呑みすぎれば、腕も腰も脳味噌も使いものにならないのはわかっている。

かといって、酒が切れれば手が震えだす。

そのあたりの加減が難しい。

「早う出てこぬか」

栗鼠の目をした賢そうな小坊主によれば、盗人どもは晴明神社のかたわらに建つ賤《しず》ヶ屋を栖《すみか》にしているという。

そろそろ、穴蔵から這《は》いでてくる頃合いだ。

今宵の稼ぎに繰りだすべく、雪化粧の戻橋を渡ってくるにきまっている。

何ひとつ怖れることはない。小寺の仏像を盗む程度のけちな連中が、三、四人といったところだろう。

くうっと、腹の虫が鳴いた。

無駄な動きは控えねばなるまい。

盗人どもを一刀のもとに斬りふせ、黄金の御本尊をとりもどし、さっさと報酬を頂戴する。

その足で島原へ取ってかえすとしよう。

懐中をまさぐると、空の竹筒があった。

かたむけて最後の一滴を舌で掬《すく》いとる。

竹筒を恨めしそうにみつめ、遠くへ抛《ほう》った。

――かさっ。

橋向こうの暗がりから、悪党どもの跫音《あしおと》が近づいてくる。

「三人か」

ゆらりと、八郎兵衛は踏みだした。

草鞋からはみでた爪先が、積もったばかりの雪に食いこむ。

ずぼっと、踝《くるぶし》までめりこんだ。

気にせず、大股で歩をすすめる。

どうせなら、橋のうえで斬ってやる。

幅の狭いところのほうが、居合を使いやすい。

遺体を橋から蹴りおとせば、捕吏の手間もはぶける。

八郎兵衛はずんずん進み、橋の手前までやってきた。
相手は勘づいている。
縦一線に並び、慎重に近づいてくる。
おもったとおり、うらぶれた浪人風体のやつらだ。
先頭の男が油断のない仕種《しぐさ》で、嘗《な》めるように睨《ね》めつける。
目が合った。
笑みを浮かべてやる。
「けっ」
相手が唾を吐いた。
肩と肩がぶつかるほどの間合いで擦れちがう。
刀は抜かない。
殺気を消し、ひとり目をやり過ごす。
「おい、待て」
ひとり目が振りむきざま、ぷつんと鯉口《こいぐち》を切った。
対峙《たいじ》する二番目の男も鯉口を切り、しんがりの男は足を止める。
「どこへ行く」
ひとり目に訊《き》かれた。

「おぬしらに関わりはあるまい」

「そうはいかぬ」

「なぜ」

「面構えが気に食わぬ」

「なるほど」

八郎兵衛は、すっと肩を落とした。

大袈裟な動きをしてみせたわけではない。

袂《たもと》がわずかに揺れただけで、肘からしたの動きはみえなかった。

が、抜いている。

白刃は月光を反射させ、凄まじい勢いで風を孕《はら》んだ。

「いっ」

痛《いた》いと発する暇《いとま》もなく、対峙する二番目の男が雁金《かりがね》に斬られた。

ぼそっと両腕が落ち、真横に切断された胴の上半分がずりおちる。

下半分は雪に埋まったままだ。

切り株のような斬り口から、鮮血が噴きあがった。

――ぶしゅっ。

返り血を避けつつ、八郎兵衛はしんがりの男に迫った。

男は息もできずに柄《つか》を握り、石地蔵のように固まっている。

「そいや」

素首を刎《は》ねた。

唖然《あぜん》とした顔が虚空に飛び、堀川に落ちて飛沫《しぶき》をあげる。

——ぶん。

八郎兵衛は、樋《ひ》に溜《た》まった血を振った。

無骨《ぶこつ》な黒鞘《くろさや》に納刀するや、小気味良い音が響く。

刹那《せつな》、肉のかたまりが雪上に倒れた。

残ったひとりは、最初に唾を吐いた男だ。

顔から血の気《け》が引き、抜刀するのも忘れている。

「……ま、待ってくれ」

ようやく、声が洩《も》れた。

命乞いだ。

喉仏をしきりに上下させている。

八郎兵衛はゆったり構え、首をこきっと鳴らした。

「厨子はどこにある」

「……な、なんのことじゃ」

「とぼけるな。黄金の観音菩薩を盗んだであろう」

「知らん。嘘ではない。なんでも正直にはなす」

「おまえら、天狗党とかいう阿呆《あほ》どもか」

「ちがう。わしらの首領は、鎌鼬《かまいたち》の異名をとる佐々木重蔵《ささきじゅうぞう》どのじゃ」

「鎌鼬だと」

「さよう。風を自在に操る」

「風をな。それで鎌鼬か。ま、悪党にかわりはあるまい」

「仲間にならぬか。重蔵どのにかけあってもよい」

「いらぬお世話だ。悪党仲間は他に何人おる」

男は空をみあげ、指を折りはじめた。

「……ろ、六人。いや、わしを抜かせば五人じゃ」

「重蔵とやらは、橋向こうにおるのか」

「……せ、芹生峠《せりよう》の炭焼き小屋じゃ。お宝もぜんぶそこに。あっ」

「喋《しゃべ》っちまったな。お宝とはなんのことだ」

「……ぎ、銀十八貫」

「ほほう」

小判に換算して三百両か。

担《かつ》げぬ重さではない。

「正直に喋ったぞ。見逃してくれ」

「約束はしておらぬ」

八郎兵衛は顎を掻き、男の鼻面へ身を寄せた。

「寄るな、寄ると斬るぞ」

男は野良犬のように吠え、震える手で刀を引きぬく。

八郎兵衛は笑みを浮かべた。

「抜かねばよいものを」

「けえ……っ」

野良犬は青眼《せいがん》の構えから、つんのめるように突きかかってくる。

八郎兵衛はひらりと躱《かわ》し、流れる水のように本身《ほんみ》を鞘走らせた。

立居合《たちいあい》の双手《もろて》抜《ぬ》き、二尺四寸の白刃は大上段にある。

「りゃ……っ」

気合一声、頭上の寒月を両断する。

立身流《たつみりゅう》の秘剣、豪撃《こわうち》にほかならない。

「のげっ」

野良犬の脳天が、ぱっくり割れた。

と同時に、ふたつの眼球が飛びだす。

意志を失ったからだが、どうっと倒れていった。

「抜かねば、助《す》けてやったに」

悪党どもの残骸が、あたり一面に散らばっている。

晴明神社は深閑として、山狗《やまいぬ》の遠吠えすら聞こえてこない。

八郎兵衛は血塗《ちまみ》れた刃《やいば》を懐紙で拭《ぬぐ》い、一条戻橋に背を向けた。

四

京の鬼門にある鞍馬口から、鞍馬街道を進む。

鞍馬山を背にした貴船口《きぶねぐち》までが三里、二股の分岐点を左手の丹波路《たんば》へ逸《そ》れる。

さらに、三里強の道程を北上しないことには、芹生峠へはたどりつけない。

健脚自慢の者でも一晩中《よっぴて》休まずに歩みつづけ、日の出までにたどりつくのがやっとのところだろう。

しかも、雪道である。

丹波路にはいって二十町、朱の灯籠が点々とつづく貴船神社の石段を仰ぐころには月星も消え、風が吼えはじめた。

「吹雪くか」

すでに、日付は変わっている。

葛葉の言ったとおり、大悲山荒なる嵐がやってくるのだろうか。

八郎兵衛に引きかえす気はない。

丹波路を前へ前へ、ひたすら突きすすむつもりだ。

喉仏の突きでた浪人は、黄金の御本尊を知らないとほざいた。

嘘か真実《まこと》か。いずれにしろ、観音菩薩が行方《ゆくえ》知れずとなれば、住職の期待には応じられない。三人を斬って三両、のこり五人を斬って計八両、約束の報酬は消えたも同然となる。

本音を言えば、小寺に戻る気は疾《と》うに失《う》せていた。

冷めた味噌汁一杯とわずかな菜で、恩を売られてたまるものか。

八郎兵衛の気持ちは、銀十八貫のほうに惹きつけられている。

まとまった金を手にできれば、生きる張りをとりもどせるかもしれない。

そんな期待を抱いていた。

「住職もわかってくれるさ」

芹生峠へ馳せさんじ、炭焼き小屋の炊煙《すいえん》をさがすのだ。

野良犬どもを叩き斬り、お宝を奪いとってくれる。

轟々《ごうごう》と、風は吼えくるっていた。

横殴りの吹雪だ。

地表の雪が舞い、旋風《つむじかぜ》となって襲いかかってくる。

八郎兵衛は蓑笠《みのかさ》もつけず、自然の猛威に挑んだ。

無数の針で責めたてられるような痛みも、次第に感じなくなってくる。

頭の中は空白となり、棒のような足を交互に繰りだすだけだ。

終わりのない隧道を、どこまでも歩みつづけるしかない。

途方もないときが経過した。

なかば眠りつつも、歩みだけは止めなかった。

風雪は熄《や》み、朝がきた。

空は嘘のように晴れあがり、煌《きら》めく銀盤に息を呑む。

やがて、陽光が中天に昇るころ、八郎兵衛は白銀の涯《は》てに細々と立ちのぼる炊煙《すいえん》をみつけた。

眠気はなく、空腹も感じない。

限界を超えると、不思議と感じなくなる。

好機だ。

空腹を意識したら、まともな戦《いくさ》はできない。

「五人といったな」

八郎兵衛に策はない。

まっすぐ炭焼き小屋へ向かい、扉を開け、目に止まった悪党どもを片端から斬りまくる。

「ほかに妙案は浮かばぬ」

砥石《といし》で寝刃《ねたば》をあわせ、炊煙めがけて突きすすんだ。

竈《かまど》には鍋が掛かっているのだろう。

兎汁《うさぎじる》か、牡丹汁《ぼたんじる》か。などと想像してしまうと、戦う気力も失せる。

八郎兵衛は歩みを止め、刃を研ぐことに気持ちをかたむけた。

本身の刃長は二尺四寸、定寸《じょうすん》よりもやや長い。

地肌は梨子地《なしじ》、刃文は互の目《ぐめ》、反りは浅く、身幅の重ねは厚い。

乱世の気風を髣髴《ほうふつ》とさせる剛刀である。茎《なかご》には名匠の誉《ほま》れも高い「堀川国広《ほりかわくにひろ》」の銘が鏤《ほ》られていた。

斬れ味は折り紙付きだ。

この国広をもって、八郎兵衛は立身流《たつみりゅう》居合の立技をおこなう。

両肩を落とし、両手首を交差させ、双手で瞬時に抜きはなつ。

抜きはなつと同時に、白刃を大上段に振りかぶり、相手の頭蓋《ずがい》めがけて峻烈な斬撃を浴びせかける。
　これを、立身流では「豪撃」という。
　片手抜きと同じ捷《はや》さで刀を抜き、数倍の強さで振りおとす。
　間合いをぎりぎりまで詰め、できるだけ深く斬りこまねばならない。
　頭蓋を外しても額《ひたい》を斬り、額がだめでも胸、腹、股間と、突起した部位を狙って斬る。
　――二の太刀《たち》はないものとおもえ。
　それが極意であった。
　獲物を一撃で仕留めねばならない。
　豪撃は立身流の秘技、熟達するには血の滲むような鍛錬を要する。
　――まこと空恐ろしい剣にて候。
　と洩らしたのは、北辰一刀流《ほくしんいっとうりゅう》を創始した千葉周作《ちばしゅうさく》だ。
　八郎兵衛は白刃を鞘に納め、雪を漕いでいった。
　道なき道に樹木が一本、骨のように突きだしている。
「寒椿か」
　鮮やかな赤い花を咲かせていた。
　汗を拭う。

全身から、むらむらと湯気が立つ。

気力は横溢し、自分でも驚くほどだ。

銀十八貫のせいなのか。

欲に駆られた人間は底力を発揮できる。

炭焼き小屋を面前におき、八郎兵衛は眸子《まなこ》を瞑《つむ》った。

雪の眩《まぶ》しさに馴《な》れた目では、屋内の暗さに戸惑ってしまう。

居合にとって、遠近の曖昧《あいまい》さは命取りになりかねない。

じっと耳をそばだて、扉のむこうに蠢《うごめ》く気配を読む。

「三人か」

これも特技だ。土蔵のような分厚い壁越しでも、呼吸の仕方ひとつで相手の数を言いあててみせる。

「よし」

臍下《せいか》丹田《たんでん》に気合いを込めた。
二、三歩進み、丸木の扉に手を掛ける。
音も起てずに扉を開け、さっと屋内をみわたす。

敵は三人。

ふたりは板間で寝そべり、ひとりは竈に掛けた大鍋の側《そば》にいる。

竈は土間の左手だ。上がり框《かまち》のむこうに八畳大の板間があり、鴨居《かもい》までの高さは一間《けん》、柱と柱の幅は一間半と読んだ。

「おや、重蔵《じゅうぞう》どのか」

寝惚《ねぼ》け顔の男がひとり、むっくり起きあがってきた。

竈番の男は振りむきもせず、鍋の様子をみている。

もうひとりは鎌髭を震わせ、鼾《いびき》を掻いていた。

「重蔵どの、おひとりか。弥介《やすけ》はどうしたのじゃ」

寝惚けた男が尻を掻き、土間のほうへ近づいてくる。

眉毛の薄い男だ。

外道《げどう》特有の残忍さが、風貌に滲みでている。

陽光を背にしているので、こちらの顔はわかりづらいはずだ。

八郎兵衛はつつっと、上がり框へ身を寄せた。

男は顔色を変え、板間のうえで仁王立ちになる。

「おぬしは……だ、誰だあ」

声に反応し、竈番の男が動いた。

左手斜め後方、間合いは二間。

八郎兵衛は脇差を抜き、無造作に投擲《とうてき》する。

「ぐえっ」
脇差は糸を曳《ひ》き、喉仏に刺さった。
竈番はもがきながら、仰向《あおむ》けに倒れる。
ざっと、煮立った大鍋がひっくりかえった。
芋《いも》や大根が、熱湯とともに遺骸のうえにぶちまけられる。
「うわっ、くそ、甚左衛門《じんざえもん》が殺《や》られたぞ」
眉毛の薄い男は大刀をひっつかみ、鼾の鎌髭男を蹴りあげた。
鎌髭男は跳ねおき、足を滑らせる。
このとき、八郎兵衛は上がり框に右足を乗せていた。
刀は抜かない。
身を低くし、一歩踏みこむ。
「死ねや」
薄眉の男は鞘を抛《ほう》り、上段から闇雲《やみくも》に斬りかかってきた。
刃の物打《ものうち》が鴨居に引っかかり、勢い余って上体だけが飛びこんでくる。
ひょいと足を掛けた途端、薄眉男は顎を突きだし、土間に突っこんでいった。
ほぼ同時に、鎌髭男が枕刀に手をのばす。
――しゃっ。

国広が一閃《いっせん》した。
柄を握った鎌髭男の右手首が、すっぱり断たれている。
「……むむ」
鎌髭男は眸子を剝き、失った右手を拾おうとする。
うまくいかない。
ことりと、素首を落とされた。
首無しの胴が、もぞもぞ蠢いている。
斬り口は縮みながら血を吐き、漆喰《しっくい》の壁を真っ赤に濡らした。
一方、薄汚い生首は毬藻《まりも》のように板間のうえを転がった。
「くそっ」
薄眉男は上がり框へ駈けのぼり、鴨居に食いこんだ刀を必死に外そうとする。
八郎兵衛は振りかえり、男の胴を雁金に薙《な》いだ。
「ぐはっ」
胴から下が真横にちぎれ、どさっと床にくずれおちた。
上半身は両手で柄を握ったまま、鴨居から釣鐘《つりがね》のようにぶらさがる。
八郎兵衛は夥《おびた》しい返り血を避け、はっとばかりに土間へ飛びおりた。

五

お宝をさがさねばならぬ。

八郎兵衛は血塗《ちまみ》れの床板をつぎつぎに引っぺがした。

「……あった」

隠密廻りの嗅覚は衰《おとろ》えていない。

床下から引きずりあげた代物《しろもの》は、黴《かび》の生えた厨子だった。

厨子のなかには、丁銀や豆板銀がぎっしり詰まっている。

もしかしたら、観音菩薩が納められていたのかもしれない。

ともかく、銀の詰まった厨子を背負子《しょいこ》に載せる。

担《かつ》ぎあげると、足がふらついた。

無理もない。十八貫もあるのだ。

「小判なら楽にはこべたものを」

上方《かみがた》の流通貨幣は銀だ。代金決済は銀で賄《まかな》われる。江戸と大坂には相場が立ち、金銀の交換差益で儲ける商人もいる。ゆえに、金でできた小判は期待できない。

八郎兵衛は背負子を担ぎ、炭焼き小屋をあとにした。

かんじきを履いたので、足を雪に取られることはない。
眩《まばゆ》い陽光に白銀は燦爛《さんらん》と輝き、目もあけていられぬほどだ。
眸子を細めると、半町ばかりむこうに目印の寒椿がみえた。
「ん」
咲いていたはずの花が、風もないのに散っている。
まるで、鮮血を散らしたかのようだ。
編笠の人影がふたつ近づいてきた。
首魁《しゅかい》の佐々木重蔵と、弥介とかいう乾分《こぶん》だろう。
八郎兵衛は足を止め、お宝を重そうに降ろした。
陽光を正面にしており、戦うには不利な位置取りだ。
ふたつの編笠は揺れながら、一気に間合いを詰めてくる。
相手の呼吸《いき》が聞こえるほどまで縮まった。
ふたりとも、かんじきを履いている。
大柄の男が脇へ退き、鯉口を切った。
「おい、外道《げどう》」
くぐもった声を発したのは、小柄な男のほうだ。
重蔵か。

まちがいあるまい。

「盗人の金を盗むとは、外道のなかの外道じゃ。おぬし、一条戻橋で三人斬ったであろう」

「そこの炭焼き小屋でも三人」

「斬ったのか」

「ああ」

「ふん、おれさまを甘くみるなよ」

言うがはやいか、重蔵は右腕を鞭《むち》のように振った。

風が唸《うな》りをあげ、煌めきながら襲いかかってくる。

ひゅんと右頰を裂かれ、ひりつくような痛みが走った。

あとわずかで首筋を裂かれていたところだ。

風ではあるまい。

飛び道具か。

だが、それらしきものはみえなかった。

「よくぞ躱したな」

重蔵は編笠をはぐりとり、脇へ捨てた。

弥介も編笠を空へ投げ、低い姿勢で身構える。

ふたりとも月代《さかやき》が伸びて頬は痩《こ》け、無精髭を生やしている。

双眸は血に餓えた山狗のものだ。

これまでの六人とは面付きがちがう。

重蔵は身じろぎもせず、薄い丹唇を動かした。

「おぬし、居合を遣うのか」

「よくわかったな」

「わしも遣うからよ」

「手の内をばらすとはな」

力量に自信があるのだろう。

「わしの異名を知っておるのか」

「鎌鼬」

「さよう」

重蔵はまたもや、右腕を鞭のように振る。

──みえた。

透明の細長い刃が、風を切って飛んでくる。

八郎兵衛は、逃げずに鞘で受けた。

かつっと命中し、刃は粉々に砕けた。

素材は玻璃《はり》であろうか。精巧にできている。

「これが鎌鼬の正体か。ふん、子供だましだな」

「唐土《もろこし》渡りの暗器《あんき》じゃ。刃に毒が塗ってある」

がくっと、右膝が折れた。

刹那、弥介の影が目睫《もくしょう》に迫る。

「もらったあ」

下段から、突きがきた。

ざくっと、左肩を剔《えぐ》られる。

痛みが意識を覚醒させた。

「ふん」

八郎兵衛は、片膝立ちで抜刀した。

渾身の力を込め、躍りかかる影を斜めに裂く。

「ぐは……っ」

弥介が血を吐いた。

磐《いわお》のような屍骸《むくろ》が、覆いかぶさってくる。

返り血を浴びつつも、どうにか身を躱した。

どっと倒れこむ弥介の背後から、重蔵が音もなく近づいてくる。

かんじきで雪を蹴りつけ、宙に舞いながら斬りかかってきた。

「死にさらせ」

八郎兵衛は咄嗟に、国広の地肌をかたむけた。

きらっと陽光が反射し、相手の双眸を射抜く。

「ぬおっ」

国広を水平に繰りだし、下腹を真一文字に裂いた。

「ぎゃっ」

重蔵は前屈《まえかが》みにうずくまり、臓物を撒《ま》きちらす。

「莫迦《ばか》め」

悪党どもは、ひとりのこらず逝った。

八両ぶんだ。

朦朧《もうろう》とした頭で、八郎兵衛は銭勘定をする。

――欲を掻いてはなりませぬ。

耳に聞こえてきたのは、許嫁の囁きだ。

「……き、京香《きようか》」

八郎兵衛は、許嫁の名を呼んだ。

――京に咲く花の香りも知らぬのに付けられました。親を恨んではおりませぬ。いつかふたりで手を取りあい、京の都へまいりましょう。
戯れて洩らしたそのことばを、心の隅に仕舞いこむ。
「……京香よ」
八郎兵衛は傷ついた右頰を脇差で剔り、毒を搾《しぼ》りだした。
震える手で印籠の蓋《ふた》を開け、附子《ぶし》の粉を取りだし、雪水といっしょに胃袋へ流しこむ。
附子は減毒の特効薬だ。
毒薬にもなる鳥兜《とりかぶと》の塊根を塩水に浸し、生石灰を塗《まぶ》して乾燥させる。
――毒には毒を。
毒が効いてくれれば、命は助かる。
徐々に、からだが硬直してきた。
動く気力も失せ、死体の脇で仰向けになる。
太陽が眩しい。
やがて、眩しさも消え、暗闇がおとずれた。
どれだけ、眠ったであろうか。
八郎兵衛は目を醒《さ》ました。
雪水を呑む。

烈《はげ》しく嘔吐し、落ちついたところで、雪水をまた大量に呑んだ。
胃袋がすっかり洗浄されると、四肢が自在に動きはじめる。
ようやく、生きた心地がした。
にわかに、頰が痛みだす。
自分で刳った頰の傷は深い。
膿《う》むのを防ぐため、竹の搾り油の塗られた笹の葉を傷口に当てる。
「これでよい」
隠密廻りのころに仕込んだ知恵だ。
八郎兵衛は腰をあげ、銀の詰まった厨子を拾いにもどった。
鎌鼬の佐々木重蔵は、切腹したような恰好で死んでいる。
その胸もとに、黄金に煌めくものがみえた。
頭だ。
菩薩の頭が覗《のぞ》いている。
「おおお」
渦のような感動が、腹の底から沸《わ》きあがってくる。
八郎兵衛は、神々しいばかりの観音菩薩を拾いあげた。

六

——もう。
牛が啼《な》いた。
痩せた背に薪炭《しんたん》を積み、杣人《そまびと》に鼻綱を引かれていく。
そんな牛と何度か出会《でくわ》した。
八郎兵衛は丹波路を京に向かって黙々と歩んでいる。
一刻もはやく酒を呷《あお》りたい。それが唯一の望みだ。
ぜんぶで八人、襤褸《ぼろ》屑《くず》も同然に悪党を斬った。
銀十八貫の重みが両肩にのしかかってくる。
重蔵に「外道のなかの外道」と言われた。
そのとおりだ。
「堕《お》ちるのか、このまま」
懐中から観音菩薩をとりだし、囁きかけてみる。
金箔は剝《は》げかかっていたが、面立ちはじつに美しい。
頭上に如意宝珠を戴いた如意輪観音であった。

どのような願いも叶《かな》えてくださる、ありがたい観音様だ。

名のある仏師の手になるものだろう。精巧に彫られている。

住職がとりもどしたい気持ちはよくわかった。

尊顔を眺めていると俗世への未練やわだかまりは消え、精神が浄化されていく。

佐々木重蔵も欲した。

悪事に手を染めながらも、如意輪観音だけは胸に抱いていたかったのだ。

悪党にも仏に縋《すが》りたい気持ちはある。

「重蔵も懊悩《おうのう》を抱えていたのか」

わずかに、胸が痛んだ。

「堕ちるのか」

もういちど、問うてみる。

まがりなりにも、捕吏の仕事を十数年も勤めてきた。手柄をあげ、隠密廻りの探索方にも五年は携わった。重罪人を追い、捕縛し、口書きをとり、獄門台へおくる。

江戸の治安に寄与してきたという自負はある。

岡っ引きを養うために、一度ならず袖の下を受けとった。

私腹を肥やしたおぼえはない。馬車馬のように働いた。

武芸にも励んだ。武芸で身を立てようと、真剣に考えたこともある。

江戸には斎藤弥九郎《さいとうやくろう》の練兵館《れんぺいかん》、桃井《もものい》春蔵《しゅんぞう》の士学館《しがくかん》、さらには千葉周作の玄武館《げんぶかん》といった名だたる道場が割拠していた。そうした道場の門を敲《たた》かず、八郎兵衛は地味な立身流の道場に学んだ。

同流の祖は、伊予国出身の立身三京《たつみさんきょう》なる人物である。

剣理は豊前中津《ぶぜんなかつ》藩と羽前堀田《うぜんほった》藩へ伝播され、中津藩では立身新流と立身当流に分かれた。一方、堀田藩では御留流《おとめりゅう》と認可されるほどの隆盛を誇ったが、八代宗家山口七《やまぐちしち》郎左衛門《ろうざえもん》のとき、下総佐倉《しもうささくら》藩へ伝承された。

江戸の道場は、佐倉で栄えた逸見《はやみ》道場の枝だ。

八郎兵衛は役目柄、申しあいなどの目立った行動をとることができなかった。

だが、江戸に数ある名人のなかで、伊坂八郎兵衛の名を知らぬ者はいなかった。

たとえば、道場荒らしで江戸に旋風を巻きおこした神影流《しんかげりゅう》の大石進《おおいしすすむ》や、大石を打ちまかした直心影流《じきしんかげりゅう》の男谷精一郎《おだにせいいちろう》や、一刀流中西《なかにし》道場の白井亨《しらいとおる》といった錚々《そうそう》たる剣客たちが八郎兵衛の剣名を知っていた。

是非とも隠密廻りの遣う豪撃の剣を所望したいと、口を揃《そろ》えた。

それほどの剣である。

唯一、千葉周作だけは密《ひそ》かに竹刀《しない》で立ちあう機会を得た。

三本のうちの二本までは、千葉がとった。

――されど、真剣の立ちあいでは五分と五分じゃ。

千葉周作ともあろう者が、世辞抜きにそう言って驚嘆した。

それだけの剣技をもちながら、八郎兵衛は江戸を捨てた。

捨てざるを得ぬと定まり、いっそう酒に溺《おぼ》れた。

金に困って悪事に手を染めた朋輩の不正を知り、みずからの手で葬る覚悟を決めた。

ただし、命は絶っても名誉だけは守ってやりたい。遺族のためにも事を表沙汰にしたくなかった。となれば、みずからも朋輩を斬った責めを負い、すべてを捨てねばならぬ。


悩みぬき、逃げ場を酒に求めた。

剣の道は禅に通じるとは、小寺の住職も言ったとおりで、武芸者たるものは不飲酒《ふおんじゆ》と不邪淫《ふじゃいん》の戒律を厳守しなければならない。

十手を返上しても、剣で生きていく道はあるとおもっていた。

しかし、世間はそれほど甘くない。

酒乱の男を師範に雇う道場など、江戸にかぎらずひとつもなかった。

痛いほどに、わかっている。

強いだけが武芸者の条件ではない。

名人は厳しくおのれを律することができる。

ひとかどの武芸者は加減というものを知っている。

加減を知らぬものは道を外れる。

道を外れたものを、人は外道と呼ぶ。

八郎兵衛はみずからを嘲笑し、外道と呼ぶことがあった。

仏教では在家に「五戒を守れ」と説く。

不殺生戒《ふせっしょうかい》、不偸盗戒《ふちゅうとうかい》、不邪淫戒、不妄語戒《ふもうごかい》、不飲酒戒の五つだ。

もはや、八郎兵衛は三つの戒律を破っている。

あまつさえ、盗みをやり、虚言を吐くようになれば、正真正銘の外道になりさがってしまう。

芹生峠からぶっとおしで歩きつづけ、どうにか鞍馬口へたどりついた。

佐々木重蔵の一味を斬ったことが、遠いむかしの出来事におもわれてくる。

――ごおん、ごおん。

遠くで暮れ六つの鐘が鳴った。

西の空は血の色に染まっている。

足は棒のようになり、心は鉛を呑みこんだように重い。

おまけに、猛烈な睡魔に襲われていた。

葛葉の膝のうえで眠りたい。

だが、眠るまえにやっておかねばならぬことがある。
御本尊をあるべきところへ戻すのだ。
粟田口から南禅寺の門前をとおりすぎ、八郎兵衛は朽ちかけた小寺の門を敲いた。
悪にも徹しきれぬ中途半端なおのれに嫌気がさす。
眼差しのさきには、昨日とまったくおなじ風景が映えていた。
「たのもう、たのもう」
錆《さ》びついた声をしぼりだすや、剔った跡も痛々しい頬の傷が疼《うず》いた。

七

宵闇。
八郎兵衛は、六畳間の褥《しとね》で寝返りを打った。
ここは抹香臭い伽藍《がらん》ではなく、沈香《じんこう》の焚《た》きこまれた妓楼《ぎろう》の一室だ。
夢をみたような気がする。
爽快な夢だ。
ひさしぶりに良いことをやった。
小寺の住職に観音菩薩を差しだし、ついでに銀十八貫を寄進したのだ。

「なんと奇特なお方じゃ」

住職は感嘆の声をあげた。

蛙のように飛びはね、小坊主と手をとりあって喜び、報酬の八両を払ってくれた。

その金をもって、島原へやってきた。

意気揚々と大門をくぐり、太夫町東の『三文字屋』へ揚がった。

遣手婆に金を握らせ、二階廻しの一室にとおされた。

「葛葉を呼んでくれ」

夢にまでみた遊女は、すぐにあらわれた。

髪を豪奢な天神髷《てんじんまげ》に結《ゆ》い、鼈甲《べっこう》簪《かんざし》を何本も挿《さ》していた。

衣裳は群青地の裾に雪の結晶をあしらった贅沢なもので、姉女郎に借りたらしかった。

「八さまのために」

葛葉は、えくぼをつくって言った。

「お約束を守ってくれはって嬉しい」

さめざめと泣きながら、しなだれかかってきたのだ。

酒を浴びるほど呑んだところまでは、どうにかおぼえている。

疲れきっていたのか、ほどなく酩酊してしまった。

泥のように眠り、夢をみた。

夢から醒めると、葛葉は消えていた。

もう少し、添い寝してくれたらよかったものを。

褥で寝返りを打ち、からだを引きおこした。

「うっ」

頭が割れるほど痛い。

ふと、八郎兵衛は頭を触ってみた。

ぞりっとした感触が走る。

「うわっ」

仰天して声が出た。

毛がない。

剃られてしまっている。

いったい、どうしたというのだ。

「きゃあああ」

一階の大広間から、女たちの悲鳴が聞こえてきた。

物々しい連中が、大階段を駈けのぼってくる。

「役人か」

すぐにわかった。

鎖帷子《くさりかたびら》をじゃらつかせる音。突棒《つくぼう》、刺股《さすまた》、袖搦《そでがら》みといった捕物道具のぶつかる音。そして、血気に逸《はや》る捕吏たちの怒声が洪水となって圧《お》しよせてくる。

——遁《に》げろ、早く遁げろ。

心の虫が叫んでいた。

だが、遁げる理由はみあたらない。

佐々木重蔵の一味を斬殺した件なら、どこにも証拠はないはずだ。

いや、まずい。

衣桁《いこう》に袈裟《けさ》衣《ごろも》が垂れさがっている。

なんと、坊主にさせられてしまったのだ。

坊主の女犯《にょぼん》は罪だ。

ましてや、遊里への通いは法度《はっと》中の法度。生臭坊主のほとんどは町医者に化け、目立たぬように岡場所へ通う。格式の高い島原へは、まずやってこない。

坊主がここにいるだけで、立派な罪なのだ。

みつかれば三条河原に三日間晒《さら》しのうえ、寺持ちの僧侶ならば壱岐《いき》へ遠島となる。所化僧《しょけ》ならば山城国《やましろのくに》より追放というのが、まずは順当なところだろう。いや、修行中の所化僧であっても遊里通いとなれば、みせしめのため重罰に処せられる公算は大きい。

八郎兵衛は、こうしたことに誰よりも詳しかった。

「くそっ」

とんでもない不運に見舞われつつある。

捕吏は京都町奉行所の連中にちがいない。

東町奉行は梶野《かじの》土佐守《とさのかみ》で、西町奉行は佐橋長門守《さはしながとのかみ》だ。

奉行の名を諳《そら》んじることはできても、手下《てか》の与力や同心に知った顔はいない。

かつては同じ役人の身。十数年来の忠勤を綿々と語ったところで、赦免の足しにもならぬ。情けない奴と、一笑に付されるのが落ちだ。

戦って活路をひらこうにも刀がない。遊里の入口で預けるきまりなのだ。

「あらためだ。神妙にいたせ」

障子がひとつひとつ開けはなたれ、遊女たちの悲鳴が飛びかった。

「静まれい、静まらぬかっ」

叫んでいるのは、陣笠をかぶった与力であろうか。

与力が出ばってくるほどの大掛かりな捕り物なのか。

廊下に溢れる喧噪《けんそう》を聞きながら、八郎兵衛は部屋をぐるりと見渡した。

窓はない。

うっかりしていた。
最初から、遁げられぬ仕掛けになっている。
どうする。
進退きわまったか。
それにしても、手が込んでいる。
もしや、嵌《は》められたのか。
誰に。
「まさか、葛葉が」
顎が震えた。
そうなのだ。
酔った隙に頭髪を剃られ、褥に寝かしつけられたのだ。
理由などわからぬ。
情夫《いろ》と廓抜けでもするためか。
そのための当て馬、逃亡の手助けにでもつかわれたのか。
「くそっ、わからぬ」
だいいち、坊主に仕立てる必要がどこにある。
障子の向こうに、捕吏の影が近づいた。

「あらためじゃ」

すたんと、勢いよく障子がひらく。

「おっ、生臭坊主め、ここにおったか。おのおのがた、まいらせい」

十手を握った若い同心が、得意満面の顔で叫びあげる。

捕吏どもが、どっと圧《お》しよせてきた。

「きさま、破戒坊主の源信《げんしん》であろう」

若い同心が喚《わめ》いた。

「女狐の玉入れに掛かったな。その頬傷、人相風体でわかったわ。さあ、吐け。きさまは源信であろうが。緞帳《どんちょう》役者の梅若《うめわか》とも名乗っておったそうじゃな。さあ、吐けと言うに」

「知らぬ。源信も梅若も知らぬ。わしはわしだ」

女狐というのは、葛葉のことであろうか。

源信とは間夫《まぶ》のことなのか。

「わけがわからぬ」

「ぬう、とぼけるでない。神妙にいたせ」

同心に踏みこまれ、どんと胸を蹴られた。

「うっ」

息が詰まる。
捕り方どもに顔を踏みつけられ、撲《なぐ》る蹴るの暴行をくわえられた。
悪あがきはすまい。
八郎兵衛は、後ろ手に縛りつけられた。
口の端に力を込め、腫《は》れた丹唇《くちびる》をぎゅっと結ぶ。
何を訊かれても、口をひらく気はなかった。

八

牢にぶちこまれて四日目、八郎兵衛は今日も三条河原へ曳かれていく。
如月十九日、早朝のことだ。
晒しは三日目を迎えている。
たった一日で、沙汰《さた》はくだされた。
——三日間晒しのうえ山城国から追放
意外だった。
罪の軽さも意外だが、口書きをとられたおぼえがない。
口書きもとらずに罪状を定めることは、八郎兵衛の経験では考えられなかった。

なにしろ、捨札《すてふだ》に記すべき姓名も名乗っていないのだ。

源信という坊主でないことだけは伝わった。

だが、風体は坊主なので、女犯の嫌疑は免れない。

ともあれ、ろくな取りしらべもおこなわれぬまま、三条河原の寒風に丸二日も晒された。

といっても、ぶっとおしで晒されるわけではない。

朝の五つに牢から出され、後ろ手に縛られて晒し場へ向かい、夕の七つには牢へもどされる。晒しのあいだは筵《むしろ》に座らされ、後ろで縛られた腕を背中の棒杭に括《くく》られる。

もちろん、食事は与えられない。

三条河原の周辺には、今日も大勢の野次馬があつまっていた。

川風の吹く雪上に筵が敷かれ、罪状を銘記した捨札が立てられている。

達筆な文字で、生臭坊主の罪状が記されていた。

——悪所通いの破戒坊主にして不届千万の輩……

捕縄に曳かれてゆくと、童子に礫《つぶて》を投げつけられた。

礫はかつんと額に当たり、血が流れた。

「こら、やめんか」

捕吏は叱りつつも、野次馬どもを野放しにしておく。

かくのごとき人畜になってはならぬと、町の衆にみせしめるべく、わざわざこうして晒すのだ。

河原は寒々としていた。

着せられているのは綿布一枚、からだの弱いものならば凍死しかねない。

今朝は先客が三人あった。

心中で死にきれなかった男女がひと組と、それから、くたびれた坊主がひとりだ。

三人とも、萎《しお》れた菜っ葉のように縛られている。

八郎兵衛は筵に座らされ、凍りついた棒杭に繋がれた。

「凍《い》てるのう。風邪を引いてしまうわ」

掛かりの同心は矮軀《わいく》の四十男で、鼻のしたに鼻糞のような黒子《ほくろ》がある。

やりきれぬ。

今日も鼻糞とつきあうのか。

「名無しの権兵衛よ。いつまでも喋れぬふりをしておるでないぞ。ふへへ」

鼻糞はへらついた調子で笑うと、背中を寒そうにまるめ、下役たちに焚き火の支度をするように指示した。

筵の周辺には六尺棒を携えた下役が四人、鼻糞もふくめて役人はぜんぶで五人しかいない。みな、牢役人たちだ。

焚き火ができあがると、下役たちが交替であたりにいく。

鼻糞はずっと、焚き火の側に陣取っていた。

のんびりとしたものだ。

昨日も一昨日も、おなじように一日が過ぎていった。

どっちにしろ、今日一日をしのげば、いましめから解きはなたれる。

無一文で洛外へ放りだされても、命までは奪われずに済みそうだ。

我慢しよう。

憮然《ぶぜん》とした面持ちでいると、隣からそっと声を掛けられた。

「もし、伊坂さま。伊坂八郎兵衛さまではあるまいか」

心中者の隣に括《くく》られた破戒僧が、顎を突きだしてくる。

「ほれ、わしじゃよ」

「これは驚いたな」

小寺の住職であった。

あいかわらずの猾顔だが、福々しい印象は消え、別人のようだ。

「伊坂さまは何日目かな」

「三日目、最後の一日だ」

「羨《うらや》ましい。拙僧は初日での、寒うてかなわぬ」

住職は、ぶるっと肩を震わせた。

「惨めじゃのう。観音菩薩の御利益もなかったわい」

「ご坊、なにがあったのだ」

「この齢《とし》でまことに恥ずかしいはなしじゃが、檀家の後家に懸想《けそう》しましてな」

「まことかよ」

「ふむ、かの如意輪観音のごとく妖艶な後家でのう。くふふ、おもいだすだに気恥ずかしい。付きあいはかれこれ三年になるが、まこと、吸いつくような肌の持ち主じゃった」

惚れた後家を若い男に盗まれ、用無しになった坊主は捨てられたあげく、内済金まで請求された。金なぞ払うものかと居直ってみせたところ、お上に訴えてやると居直られたらしい。

「まあ、そんなやこんなやでお縄を頂戴することになりましてな。伊坂さまに無理難題をもちかけた罰《ばち》が当たったのじゃろう」

とんでもない生臭坊主だ。

あきれかえって、ものもいえない。

それにしてもと、八郎兵衛は首を捻《ひね》った。

寺持ち住職の女犯は、遠島ときまっている。

重追放以下の刑罰ならば、町奉行や所司代の裁量で決められるが、遠島のような重罰ともなれば簡易な手続きでは済まされない。京都所司代を通じて江戸表へ吟味伺書が提出され、評定所での評議、老中の詮議、ことによっては将軍の決裁までが必要となる。

八郎兵衛は、四日前に住職と逢っていた。

四日以内で遠島の沙汰がくだされることは、まずありえない。

「遠島は免れ申した」

と、住職はちからなく笑う。

「じつは、伊坂さまのおかげじゃ」

「なんで」

「例のご寄進いただだいた銀十八貫、あれを賄賂《まいない》に使わせてもろうた」

「けっ、とんでもねえ坊主だ」

「おかげさまで罪一等を減じられ、唐傘《からかさ》一本の放逐で済み申した。いや、まことにありがたいことで」

猪顔の住職は三日間晒されたのち、宗派の総本山に身柄を託される。

僧籍を奪われて追放の身となるのだが、その際、犬のように走らされたあげく、丸裸で門外へ捨てられる。手にもたされるのは破れ傘のみで、これを「唐傘一本」と呼ぶ。惨めさを際立たせるための演出だった。

「佐吉《さきち》には可哀想なことをしてしもうた」

「佐吉とは」

「寺の小坊主じゃよ。賢そうなおのこがおったろう。あれは孤児での、拙僧がおらんようになったら食うていけぬ」

「罪なことだ。おぬし、よい死に方はせぬぞ」

「いじめなさるな……ところで伊坂さま、おてまえはいかがなされた。その頭、出家でもなされたのか。ほほう、よくよく眺むれば、才槌《さいづち》頭じゃのう。ふうむ、貴人の相じゃぞ」

「頭のかたちなぞ、どうでもよいわ」

「おう、そうであった。いったいぜんたい、どうなされたのじゃ。女狐にでもたぶらかされたのかね」

「たしかにな、あれは女狐であったわ。島原でやられたのよ。端女郎に酒を浴びるほど呑まされ、眠りこけてな、夢から醒めたらこのざまだ」

「妓楼の名は」

「太夫町東の三文字屋」

「ははあ」

「なにが、ははあだ」

「檀家の噂話じゃが、三文字屋の忘八《ぼうはち》は阿漕《あこぎ》なことをやっておったらしい」

貧乏侍に高利で金を貸し、不逞浪人どもを雇って取立てをやらせる。金が返せぬようならば、女房や娘を差しだせと脅す。最初からそれが狙いでもあり、なるほど言われてみれば『三文字屋』の抱え女郎には縹緻良《きりよう》しが多かった。

「客の相手をするのは、借金のかたにとられた武家のおなごどもじゃ。どことのう気品があり、素人《しろうと》臭いところも擽《くすぐ》られる。やれ飢饉だ、不景気だといわれる世の中で、三文字屋にだけは客が溢れ、忘八はがっぽり儲かるという仕組みじゃ」

「ふうん、武家のおなごをなあ」

「無論、御法度じゃ。痩せても枯れても、武家のおなごともあろうものが苦界《くがい》に沈んだとなれば、関わったものはみな重罰を免れぬ。放っておけば、御公儀の威光も地に堕ちるからの。となれば十中八九、捕り方の狙いは三文字屋の忘八。伊坂さまは運悪く大捕物に巻きこまれたのじゃ」

住職はついでに、忘八の雇った不逞浪人の異名を口走った。

「たしか、鎌鼬某とかいうたな」

「なんだと、それをはやくいえ」

「恐い顔をして、どうなさった」

「どうしたもこうしたも、そやつはわしが斬りすてたわ」

「へっ」

「あんたが頼んだのさ」

「そうであったか。因果なものよ。なれば、伊坂さまはお上のお役目を果したも同然、これこれしかじかと申したてなされたがよい」

「誰が信じる」

「ふむ、それも道理。誰も信じぬな」

　住職は、ほっと溜息を吐く。

「それにつけても、因果はめぐる。拙僧もいささか驚かされたわ。すべては、おてまえが寺の門を敲いたことからはじまった。拙僧が親切心をみせたばっかりにこうなってしもうたわけで、ほんに世の中とは不可思議なものじゃ。ふんふん、うっすら読めてきおったぞ」

「なにが」

「女狐の玉入れ、というものがござってな」

「そういえば、わしを蹴倒した同心もほざいておった。女狐の玉入れに掛かったな、と」

　玉入れという隠語ならば、八郎兵衛も知っていた。潜入調べのことだ。危ない役目なので、たいていは罪人が利用される。過去の罪を帳消しにするかわり、お上への協力を強要する。えげつないやり方だ。

「伊坂さまをたぶらかした女郎が玉じゃな。源氏名はなんと」

「葛葉」

「ふ、ふはは」

住職は喉をひくつかせて笑った。

焚き火にあたっている連中が振りかえる。

八郎兵衛は身を屈め、声を落とした。

「ご坊、なぜ笑う」

「そのおなご、とんだ食わせものじゃ。一条戻橋へ行かれたであろう、橋向こうには晴明神社がありますな。安倍晴明とは謎多き人物で、伝説によれば狐を母にもち、母狐から呪力を授けられたという。母狐の名が、葛葉姫というのじゃよ」

「まさか」

「信じられぬか。最初から化かすつもりで、葛葉なぞと名乗ったのじゃろう」

「しかし、ご坊。わからぬのは、わしを坊主に仕立てた理由だ」

「おう、それそれ。男がひとり絡んでおるな」

「源信か」

「わかっておるではないか」

「同心が喚いた名さ。見も知らぬ相手だ」

「源信は若い所化僧での、またの名を梅若といい、そもそもは緞帳《どんちょう》役者じゃった。色白でな、うっとりするような優男《やさおとこ》らしい」

「なんだ、知らぬのか」

「もとは役者じゃから、化けるのが得意なのじゃ。ほんものの顔を知るものは、何人もおらぬ。ともあれ、梅若はどうしたものか解脱《げだつ》をのぞみ、坊主の衣を纏って悪事をはたらきはじめた。もうおわかりじゃろう。三文字屋の忘八とつるみ、女衒《ぜげん》の真似事《まねごと》をやっておったのさ。お上にしてみれば、是が非でもお縄にせねばならぬ男じゃ」

「わしが坊主にされたことと、どう結びつく」

「拙僧もな、そのことを考えておった」

「で」

「想像するに、木乃伊《ミイラ》とりが木乃伊になったというはなしじゃな。要するに、玉入れ役の女狐が梅若に惚れたのさ」

「なんと」

「葛葉は手入れの日取りを知っておったはず。幸い、奉行所には梅若の人相風体を知るものはおらぬ。葛葉の口から洩らされた内容がすべてじゃった」

「女狐め、わしの人相風体を洩らしやがったのか」

「そういうことじゃ。すべて、梅若を逃すための方便じゃな。葛葉が身代わりをさがしておったところへ、おてまえがあらわれた。腕っぷしは強そうだが、馬鹿正直で情にほだされやすい。おまけに、酒に目がないときている。酒に眠り薬でも仕込ませておけば、いちころ。と、踏んだのかどうか、そこまではわからぬが、いずれにせよ、おてまえは女郎蜘蛛《じょろうぐも》の糸に掛かった。ふは、おもしろい」

「なにが、おもしろいものか。こっちはとんだ迷惑だ」

「貧乏籤《くじ》を引かされましたな。三文字屋の忘八も梅若も、おそらく、今頃はまんまと逃げおおせていることじゃろう」

「葛葉は」

「はてな。梅若と逃げたにしろ、すぐに捨てられるやもしれんの。捨てられるのがわかっておっても、惚れた男に尽くしたくなる。それが女心というものじゃ」

「さようなものか」

まだ見ぬ梅若のことが、八郎兵衛は羨ましくてたまらなくなった。

それとともに、憎悪が沸々と迫《せ》りあがってくる。

「葛葉を恨んではいけませぬぞ。運が悪かったとおもうて、あきらめなさるがよかろう」

「わしはとんだ間抜けだ」

「間抜けにも間抜けの生き様がある。この世ではだめでも、あの世では幸運に恵まれましょう。拙僧も唐傘一本で逐《お》われる身じゃ。物乞いの道心者として生きながらえていくよりほかにない。伊坂さまもどうであろうの。この際、解脱なされては」

「ふざけるな」

かっと、八郎兵衛は痰《たん》のかたまりを吐きすてた。

焚き火は赤々と燃え、炎は勢いを増している。

どうやら、風が出てきたようだ。

九

土手のほうが騒がしい。

野次馬が暴徒と化し、雪の斜面を転がってくる。

「うわっ、なにごとじゃ」

猾顔の住職は、みるみる顔色を変えた。

「戦《いくさ》じゃ、戦じゃ」

興奮した連中が、口々に叫んでいる。

牢役人たちは動揺し、右往左往しはじめた。

「大坂がひっくりかえったぞ。戦じゃ、戦がはじまった」

暴徒は我を忘れ、狂ったように駈けよせてくる。

地獄の獄卒《ごくそつ》気取りで喚き、礫を投げつけるものまであった。

「それ、咎人《とがにん》どもをぶち殺せ」

「な、なんだと」

八郎兵衛は仰天した。

住職は声を失っている。

心中をし損なった男女は悲鳴をあげ、合鴨《あいがも》のように足をばたつかせた。

「くそったれ」

必死にもがく。

縄は切れない。

雁字《がんじ》搦《がら》めに縛られている。

「おい同心、鼻糞っ、なんとかしろ」

いくら叫ぼうが、役人どもは振りむきもしない。

腰砕けの恰好で、焚き火のまわりを駈けまわっている。

「おい、役目を果たせ。わしらを守れ、守らぬか、阿呆」

暴徒の数は膨らんでいる。

まるで、津波のようだ。

叫び声は耳朶《じだ》を潰《つぶ》すほどで、筵旗《むしろばた》さえ掲げれば百姓一揆と寸分も変わらない。

「わあああ」

役人どもは、奔流に呑みこまれていった。

鼻糞同心は大勢に囲まれ、半殺しの目に遭わされている。

「どうしたことだ、これは」

三条河原に忽然《こつぜん》と地獄絵があらわれた。

「悪夢だ」

焚き火は蹴倒され、あたり一面に炎が散らばった。

火の粉を纏った連中が、鬼の形相《ぎょうそう》で迫ってくる。

誰もがみな、物狂いの様相を帯びていた。

歓喜と興奮、昂揚と陶酔。

まるで、祭りとおなじだ。

宴《うたげ》の祭壇に捧げる供物《くもつ》を求めている。

邪悪なものに憑依《ひょうい》され、おのれを見失っているのだ。

「遁《に》げるぞ、住職」

八郎兵衛が呼びかけても、返事はない。

住職は石で脳天をかち割られていた。

もはや、助かるまい。

繋がれた男女も白目を剝き、首をおかしな方向へむけている。

「ちくしょうめ」

暴徒のひとりが目睫に迫った。

やにわに、手にした川原石を振りおろす。

「ぬおっ」

がしっと、頭を叩かれた。

血が噴きだし、顔面に流れおちる。

もはや、痛みも感じない。

「く、くわあああ」

恐怖に衝《つ》きあげられ、八郎兵衛は怒声を振りしぼる。

血達磨《ちだるま》の坊主が、蹲踞《そんきょ》の姿勢から猛然と立ちあがった。

満身の力を込め、ずぽっと棒杭ごと引っこぬいてみせる。

後ろ手に棒杭を抱え、八郎兵衛は裸足《はだし》で駆けた。

この日、大坂では前代未聞の暴動が勃《お》こった。

大塩平八郎《おおしおへいはちろう》の乱である。

大塩は隠居して儒学者となっていたが、かつては大坂東町奉行所で目付役、盗賊役、唐物役などの筆頭与力を歴任し、名与力と称されたほどの人物だった。

決起挙兵はかねてより定めていたことであったが、切羽詰まった時代の要請も大塩の背中を押した。日本全国を黒雲で覆う未曾有《みぞう》の飢饉、米不足に拍車を掛ける豪商たちの買い占めや売り惜しみ、豪商と結託する不正役人たち、といった巨悪の構図が背景にある。

政道を糺《ただ》すべく、大塩は何度も建白書を上申した。だが、聞きいれられず、満を持して挙兵におよんだ。同志のなかには現役の与力や同心もふくまれており、大塩の「壮挙」は多くの百姓町人によって支持された。

伊坂八郎兵衛が三条河原に晒されているころ、大坂の天神橋付近では武器を手にした三百有余の大塩党と具足に身を固めた町奉行の配下が対峙していた。

大坂町奉行は東が跡部山城守良弼《あとべやましろのかみよしすけ》、西が堀伊賀守利堅《ほりいがのかみとしかた》である。

跡部は老中水野越前守忠邦《みずのえちぜんのかみただくに》の実弟でもあり、大塩の建白書を握りつぶした張本人にほかならない。

午《うま》ノ刻、天神橋は跡部の指示で破壊され、大塩党は大川に沿って難波橋を南へ渡った。豪商の邸宅に火を放ち、今橋筋と高麗《こうらい》橋を二手に分かれて東へ進み、東横堀川を渡って合流したのち、一路、南をめざした。

鉄砲隊による交戦ののち、双方は内平野町付近で戦い、堺筋淡路町でも激突した。このとき、跡部は大塩方にあった梅田《うめだ》某の首を獲り、鑓先《やりさき》で貫いて歩行させたりなどしている。

大坂の町には血《ち》腥《なまぐさ》い光景が溢れた。

叛乱《はんらん》は半日ほどで鎮圧されたものの、幕府は威信を懸けて、大坂城代ならびに町奉行へ首謀者捕縛を厳命した。

大坂城代は、老中への昇進を虎視《こし》眈々《たんたん》と狙う土井《どい》大炊頭《おおいのかみ》利位《としつら》である。顕微鏡で雪の結晶を観察し、天保三年に『雪華図説』を刊行した下総古河《こが》藩の殿さまだ。雪の結晶は着物の柄にもなり、大炊模様と呼ばれている。

土井大炊頭はここが正念場とばかりに奮起し、各藩邸に手早く人相書を配布、関所という関所に水も洩らさぬ警戒を命じた。摂津《せっつ》、河内《かわち》、紀伊といった隣国はもちろん、船による逃走も考慮されたので、淡路や播磨《はりま》へも厳戒命令が飛び、京都所司代ならびに町奉行所へも早々に通達があった。

京都所司代の松平《まつだいら》伊豆守《いずのかみ》は矢つぎばやに指示を繰りだし、梶野土佐守、佐橋長門守の東西両奉行をもって、山城の国境《くにざかい》は無論のこと京都七口についても厳戒態勢を布かせた。三条大橋から大津、近江《おうみ》へ通じる瀬田の唐橋、東海道と中山道の分岐点となる草津などへも、捕吏の手配りがおこなわれたのである。

首謀者はつぎつぎに捕縛された。

大塩平八郎と嗣子の格之助《かくのすけ》は翌月二十七日、油掛町美吉屋五郎兵衛《みよしやごろべえ》方で自決をはかった。大塩党の裁決は翌年の夏までもちこされ、自決した大塩父子をふくめて磔刑《たっけい》は十九名、その他七百五十有余の処刑者を出すこととなる。

大塩の決起挙兵はこののち、備後の百姓一揆や越後柏崎における生田万《いくたよろず》の乱などを誘発した。

だが、幕府にあたえた動揺のほうがより深刻だった。

叛乱から一月余りのち、将軍家斉《いえなり》は隠居を余儀なくされる。

一方、三条河原での出来事は、京都奉行所の記録にない。

——本日晒し場にて不測の事態あり咎人三名凍死せり
と、管轄の与力に報告されただけにとどまった。

奉行所内の何者かによって、揉《も》み消しがおこなわれたのはあきらかだ。

おそらく、賄賂の件が発覚するのを憚《はばか》った措置であろう。

可哀想なのは、大怪我をした牢役人たちだった。

鼻糞同心などは上役から一切の口外を禁ずと命じられたうえに、蟄居《ちっきょ》謹慎の命を受けた。

もっとも、通常ならばこの程度で済まされるはなしではない。

暴動を煽《あお》った首謀者を捜しだし、懲罰を与えねばならなかった。

しかも、咎人一名は逃亡している。

逃がした者の責任は重く、下役から上役まで咎めは免れない情況だった。

ところが、逃亡者一名は最初から居なかったことにされた。

関わった者たち以外は、逃亡者に気づく者すらなかった。

それほど、奉行所内は混乱していたのだ。

八郎兵衛は、何ひとつ知らない。

大塩平八郎の「壮挙」も、捕り方の動きも知る術はない。

ただ、遁げに遁げた。

晒し場から逃走したとなれば、追放では済まされない。

捕縛されたら一巻の終わり、磔《はりつけ》獄門である。

それがわかっているだけに、必死だった。

捕り方に忘れさられたことなど気づくべくもなかったし、葛葉のことも住職のことも頭にはなかった。

世の中の不運をすべて背負ったつもりで、八郎兵衛は駈けに駈けた。

棒杭を背負った坊主が雪道を遁走する光景は、一種異様なものだった。

ところが、奉行所の連中は破戒坊主ひとりに関わっている暇などなかった。

八郎兵衛は、棒杭と縄をどうにか外すことに成功した。

ようやく身軽になり、粟田口から唐崎神社、大津へと駈けぬけた。

さらに、夜陰に乗じて大津を抜け、瀬田の唐橋までたどりついた。

唐橋は幅四間、長さ百八十間の大きな橋だ。

中央には茶屋が軒をならべ、夕照を愛《め》でる景勝地でもある。

夕照どころか月もなく、橋のうえを強風が吹きぬけていた。

滔《とう》々《とう》と流れる瀬田川にも、北面にひろがる琵琶湖にもさざ波が立っていた。

おまけに橋の両側には堅牢な関所が設けられ、松明《たいまつ》を掲げた捕吏の群れが物々しく蠢いている。

八郎兵衛は息を呑んだ。

破戒坊主ひとりのために、なんと凄まじい警戒ではないか。

この期《ご》におよんでも、おのれを追っているものと信じていたのだ。

もはや、後戻りはできぬ。

闇に紛れて橋を渡り、近江国を東へ東へと遁げねばならない。

凍てつく川に身を沈め、八郎兵衛は橋桁《はしげた》から橋桁へ泳ぎはじめた。
まるで、冬の河童《かっぱ》だ。
橋桁へ泳ぎつくたびに守宮《やもり》のごとくしがみつき、少し休んでまたつぎの橋桁をめざす。
鳥肌が立ち、五体の感覚は消えうせていった。
手足が痺《しび》れて動かない。
――あきらめてはなりませぬ。
天の声が耳に囁きかけてきた。
「……京香」
許嫁の名を呼ぶや、突如、川面が盛りあがった。
川が黒い魔の手を伸ばしてくる。
渦巻いているのは、橋姫《はしひめ》の怨霊《おんりょう》か。
相手が物《もの》の怪《け》ならば、抗《あらが》う余地はない。
からだは奈落の底へ引きずりこまれていく。
「……す、すまぬ。京香、もうだめだ」
息ができぬ。
橋姫の黒髪に搦《から》めとられたのだろう。

ところが、天は見放していなかった。
八郎兵衛の身は、小舟で通りかかった鵜飼《うか》いの投網に救われた。

五個荘《ごかしょう》の女

一

琵琶湖の東を北東へ十八里余り、というのが中山道近江路《なかせんどうおうみじ》の道程である。宿場は大津から柏原《かしわばら》までの十箇所を数え、国境を越えて美濃路の今須《います》、関ヶ原へと繋がっていく。

中山道の全長は百三十五里と三十四町、宿場は六十九におよんでいた。江戸への下りは京の三条大橋から近江路、美濃路、木曾路、信濃路とたどり、上野国《こうずけ》から広大な沃野《よくや》を横切って江戸日本橋へ到達する。三度飛脚なら十日で走る道程だが、旅人の足ではそうもいかない。

近江路の起点は大津宿、つぎは東海道との分岐点にあたる草津宿、そのまたつぎの守山《もりやま》宿を過ぎて野洲《やす》川を渡る。

三上山《みかみ》を右手に眺めながら日野《ひの》川を渡り、武佐《むさ》宿へは草津から五里、そのさきで街道脇に折れて琵琶湖畔へ向かうと、織田信長《おだのぶなが》が「天下布武《てんかふぶ》」の大号令を発した安土《あづち》へ達する。

だが、巨城の残骸しかない安土へ向かっても、喜捨《きしゃ》は期待できない。

街道筋を愛知《えち》川の手前まで進めば、蔵屋敷のめだつ五個荘《ごかしょう》へたどりつく。

近江商人の町だ。

このあたりが近江路のほぼ中間地点にあたる。

朝靄《あさもや》のなか、托鉢《たくはつ》僧は五個荘へ足を踏みいれた。

豪壮な蔵屋敷はみな、他国への行商で財をなした近江商人たちのものだ。

船板塀をめぐらせた白壁、壁に沿って流れる堀割の清流、跫音を起てるのさえ憚られる静謐《せいひつ》さのなかに、整然とした町並みがつづく。

靄は晴れ、家並みがくっきりと浮かびあがった。

家屋の隣同士を分かつ卯木《うつぎ》の垣根には、白い五弁の花が咲きみだれている。

綿帽子をかぶったかのようだ。

ふと、時鳥《ほととぎす》の声に驚かされ、托鉢僧は笠をかたむけた。

「里の初音《はつね》か」

つぶやいた男は、伊坂八郎兵衛である。

すでに、卯月であった。

凍てつく三条河原に晒されてから、ほぼひと月半が経過している。

大塩平八郎一味の残党はおおむね捕縛され、首謀者の大塩父子も数日前に自決して果てた。天下を激震させた「壮挙」は、終息に向かいつつある。

八郎兵衛は一笠一鉢《いちりゅういっぱつ》に身を託し、草津から武佐にいたる宿場町の界隈をうろついていた。

遠方へ遁げるには路銀がいる。

無一文では路傍で野垂れ死にするだけのはなしだ。

路銀を得るには山賊《やまだち》に陥ちるしかない。だから、遁げるのをやめた。

逃亡の必要がないことを悟ってからは、その日一日を生きながらえることだけが目途《もくと》になった。

家々の門口に立って観音経をあげ、銭や米の施しを受ける。

施しが貯まれば木賃宿に泊まり、足りなければ荒寺の軒下で寝る。

運良く余分な喜捨が得られた夜は居酒屋でへべれけになるまで呑んだくれ、銭をすべて使いはたす。

翌日はまた家々をまわり、喜捨を請う。

泥酔坊主の樹下《じゅか》石上《せきじょう》、鉢貫いの気ままな暮らしもわるくはない。

少なくとも、盗人や追いはぎになるよりはましだ。

宿場の用心棒になるという手もあるにはあったが、門前払いを食わされるのがおちだろう。

頭髪は針鼠《はりねずみ》のようで髭《ひげ》は茫々《ぼうぼう》、垢《あか》じみた袈裟衣一枚の風体にくわえ、肝心の刀が腰にない。問屋場《といやば》の馬子《まご》ですら、洟《はな》も引っかけないにきまっている。

「ま、いいさ」

八郎兵衛は屈みこみ、堀割の清流に手を浸した。

五個荘を訪れるのは、今日がはじめてだ。

水はぬるみ、風はやさしい。

すっかり、季節は変わった。

農家では種蒔《たねま》きや畑打ちがおこなわれ、京では町の衆が灌仏会の支度をはじめたころだろう。

「葛葉か」

島原太夫町東の小見世、二階の廻し部屋で情を交わした遊女のことは忘れようにも忘れられない。

灌仏会になれば、京の家々は九輪の塔にみたてた紫陽花《あじさい》や卯の花を屋根に飾る。

それがじつに美しいのだと、葛葉は教えてくれた。

――ほかほかと暖かい季節でな、花の匂いが香しいのやわ。
端女郎が謳うように囁いた台詞は耳にしっかり残っている。
そんな季節になった。
おもいだせば胸も疼く。
しっとりとした肌の感触が忘れられない。
もういちど、葛葉を抱きたい。
何度騙されようと、繋がっていたい。
心の片隅で逢えることを期待しながら、京にほど近い近江のあたりをうろついている。
無論、京へは二度と足を踏みいれることもあるまい。
女犯の罪で追放された身なのだ。
晒し場から逃走もはかった。
大塩平八郎の乱のおかげで追捕《ついぶ》の気配はないが、油断はできない。
堀割の清流は朝陽を受け、七色に光っていた。
花鯉たちが鱗《うろこ》を煌めかせ、錦の布を流したかのように泳いでいる。
「食うかな」
笠を脱ぎ、裾を端折《はしょ》りあげる。

清流にそっと足を入れ、腕まくりをした。

「水を掬う要領さ」

息を詰め、無念無想の境地で身構える。

ぱしゃっと跳ねた一匹を、八郎兵衛はものの見事に摑《つか》まえてみせた。

「ほらな」

獲物は掌《てのひら》のなかで、髭の生えた口をぱくつかせた。

花鯉など美味《うま》いかどうかもわからぬが、新鮮な魚を食うのはひさしぶりだ。

毎度のように腹を空かせている。

どんなものでも食える。

笠の内に抛りなげると、花鯉は威勢よく躍りだした。

「あっ、だめ」

背中に鋭く、女の声が投げつけられた。

「花鯉を獲ってはだめ」

振りむくと、容色の美しいおなごが立っている。

着物は渋い茶の匂い縞《じま》。三つ輪髷《まげ》に銀簪《ぎんかんざし》を挿したおなごで、若妻の初々《ういうい》しい色気を匂いたたせていた。

八郎兵衛は惚《ほう》けたように佇んだ。

ひと目で心を奪われてしまったらしい。

「伊吹屋与左衛門《いぶきやよざえもん》の内儀、ゆいと申します。その花鯉は五個荘の宝、獲ったらあきまへん」

凛《りん》とした声に気圧《けお》され、八郎兵衛は頭を掻く。

「これはすまぬ。つい、うっかり」

「お坊さまが、うっかり盗みをはたらくのどすか」

「すまぬ、赦《ゆる》してくれ。ほれ、このとおり」

裾を端折って拝む坊主のすがたに、おゆいはぷっと吹きだす。

「お、笑った。可愛いな」

「まあ、お坊さまったら」

おゆいは顔を赤らめ、近づいてくる。

裾をたたんで屈みこむと、細い両手で笠ごと拾いあげ、花鯉を清流へ逃してやった。

花鯉は嬉しそうに跳ね、ぐんぐん泳ぎはじめる。

「ほうら、あんなに喜んでおります」

「食われずに済んだからな。運の良いやつだ」

「うふふ、おもろいお方。お腹が空いてはるのやろ」

「まあな」

「おいでなされ、朝餉《あさげ》を差しあげまひょ」

「え、よいのか」

おゆいに後光が射した。

正真正銘の観音菩薩だ。

二

八郎兵衛は浮かれた心持ちで、おゆいの豊かな尻につづいた。

立派な門をくぐると、おゆいは奥に消え、下女が足を濯《すす》いでくれる。

「内儀はいくつだ」

「たしか、二十四になられはったなあ」

下女は指の間を揉《も》みながら応じ、つぎの問いを待ちかまえている。

「旦那《だんな》の齢は」

「五十一どす」

「まるで、親子ではないか」

「後添《のちぞ》えはんどっせ」

「なるほど」

「お坊さま、鼻のしたが伸びてはるよ」

下女はけたけた笑った。前歯がない。

不気味な面を寄せて、声をひそめる。

「七つの連れ子がおますのや。おそめいうてな、旦那さまはお優しい方やから、そりゃあもう目に入れても痛《いと》うないほど可愛がっておられますわ」

「ふうん」

「内儀はんの出生は百姓でな。あれだけの縹緻《きりょう》でおまっしゃろ。旦那さまが三顧の礼でお迎えなさったそうどす」

「玉の輿《こし》というやつか」

「ほんに羨ましいはなしやわ」

「連れ子のほかに子はないのか」

「ありまへん。旦《だん》さんは腎虚《じんきょ》でおましてなあ……あっ、余計なことを喋ってもうた」

「なるほど、旦那は閨《ねや》で役に立たぬのだな」

「口は災いのもとや。くわばら、くわばら」

下女は口を噤《つぐ》み、丁稚《でっち》小僧を呼んだ。

前垂れの丁稚小僧に案内され、卯の花が咲きみだれる垣根を眺めながら長い廊下を進む。

仏間に隣接する縁側付きの八畳間へとおされ、しばらくすると、賄いの小女が箱膳を手にしてあらわれた。

おゆいもみずから飯櫃を抱え、嬉しそうにやってくる。

髷をととのえ、銀簪のほかにも鼈甲《べっこう》の櫛笄《くしこうがい》を挿していた。

心遣いが嬉しい。

男として認められたような気になる。

だが、今は色気よりも食い気だ。

他人の女房に手を出すほど、落ちぶれてはおらぬ。

「ほう。わらびにぜんまいにふきのとう、山菜づくしか。銀のお舎利《しゃり》に、うん、味噌汁は豆腐だな。それとこの魚は」

「鮎《あゆ》の佃煮《つくだに》どっせ」

琵琶湖の鮎は佃煮にすると、ほろ苦くてじつに美味いらしい。

冬場は稚魚の氷魚《ひうお》を白魚のようにして食う。釜揚げにしても美味い。

春先からは簗《やな》漁で若鮎を獲り、獲れたてを大鍋で茹《ゆ》であげて天日干しにしたり、醤油で佃煮にする。

琵琶湖の鮎は成魚でも形《なり》は小さい。

小ぶりだが、うまみは詰まっている。

「あ、魚肉はあきまへんのか」

「なんで」

「戒律がおありなのでしょう」

「ふふ、ほんなら、戒律、んなものは忘れた」

「では、遠慮なく」

八郎兵衛は、地物の鮎をはじめて口にした。

「ん、美味い。美味いなあ」

涙が出そうになる。

「甘辛く煮付けすぎたかもな」

「そこがたまらぬ。江戸好みの味付けというやつさ」

「まあ、お江戸から」

「嫌になって遁げてきた」

「おや、なんで。日本橋でお買い物をしたり、芝居町でお芝居を観たり、お江戸には楽しみがぎょうさんあるのでしょう。商いをやるのもお江戸がいちばんと、旦さんは申しておりまっせ」

「与左衛門どのといったな、商いはなにを」

「主には蓬艾《よもぎぐさ》をあつかっております」

「灸《きゅう》に据える艾か」

「伊吹山といえば蓬艾どっせ」

「それで、屋号にしたわけだな」

「先だって、お江戸にも出店をつくりましてな、旦さんはそちらのほうへ出ずっぱりでおますのや」

「手広くやっておるな」

「近江商人はみな、棒手振《ぼてふ》りからはじめます。蚊帳《かや》に木椀、木綿《もめん》にお茶、蠟燭《ろうそく》に蜜柑《みかん》、それから蓬艾、なんでも商いますのや」

「そうした品々を他国で売り、売った銭でその土地の品物を仕入れてくる。のこぎり商法というやつか」

「儲けは薄うても、なんべんも往復するうちに信用が厚うなるのどす。あてらは天秤《てんびん》棒《ぼう》と信用で生きとりますのんや」

「信用で蔵が建つ。それなら、誰も文句は言えぬ」

八郎兵衛は喋《しゃべ》りながらも食いに食い、あっというまに飯櫃を空にした。焙《ほう》じ茶を啜《すす》ってひと息つくと、おゆいが二杯目を淹《い》れてくれる。

「すまぬなあ。鯉泥棒にここまでしてもろうて」

「鯉泥棒やなんて、お坊さま、どことのう色っぽい言いまわしやなあ」

「そ、そうかな」

「うふふ」

小娘のように笑ってみせる内儀の魅力に、八郎兵衛はたじろいだ。後添いだろうが、子持ちだろうが、百姓の出だろうが、旦那が腎虚だろうが、どうでもよい。

このおなごを抱きたい。

だが、相手にその気のないことは察している。

心に浮かんだことを、ふた心なく口にできるおなごなのだ。穢《けが》れを感じさせない生得《しょうとく》の明るさが、おゆいには備わっている。

「与左衛門どのは、江戸からいつもどられる」

「お盆まで帰ってきはりまへん」

「そいつは寂《さび》しいな」

「なんも。あてはこれでも帳場を預かっておりますよってに、弱音を吐いてなどいられまへんのや」

「偉いなあ。ところで、礼をしたいのだが、なにせ一所不在の道心者の身、観音経を唱えることくらいしかできぬ」

「礼など、もったいのうございます。困ったときはおたがいさま。よろしければ、お灸を据えてさしあげまひょか」

「はは、いや、もう充分に灸は据えてもろうた。そろりと腰をあげねばなるまい」

立ちあがりかけた八郎兵衛に、おゆいは何気なく尋ねてくる。

「これから、どちらへ」

「ふむ、湖東三山にでも詣《まい》ろうかとおもうてな」

まんざら嘘でもない。

鈴鹿《すずか》山麓《さんろく》に点在する名刹《めいさつ》を訪ね、禅でも組みたい気分だった。

「お坊さま、ほんなら金剛輪寺《こんごうりんじ》へお詣りなされませ。観音菩薩の御利益がありますよってに」

「観音菩薩の」

「へえ」

金剛輪寺は天平《てんぴょう》年間、行基《ぎょうき》上人によってひらかれた。

本堂の厨子には、秘仏の木造聖観音像が安置されている。

行基自身が彫ったもので、彫りつづけるうちに赤い血が流れだした逸話から「生身《なまみ》の御本尊」とも呼ばれ、崇敬の対象になっていた。

「観音繋ぎか」

八郎兵衛は、因縁めいたものを感じた。

京で不運な出来事に巻きこまれたのも、もとをたどれば一宇の古寺を訪ねたところからはじまった。猪顔の住職に頼まれ、御本尊の如意輪観音をとりもどしたところまではよかったが、御利益はなく、島原で葛葉という遊女に騙された。

気丈に店を守るおゆいの顔が、騙された遊女の顔とかさなってみえる。

なぜかは知らぬが、葛葉を赦してもよいという気になった。

「では、いずれまた」

八郎兵衛は後ろ髪を引かれるおもいで、五個荘の女のもとを辞去した。

三

愛知川の西岸に立つと、琵琶湖のむこうに比良《ひら》山脈がみえる。

朝陽に赫奕《かくえき》と煌めく稜線はじつに見事で、こうした自然に育まれた土地の人々はつくづく幸せだとおもう。

このあたりは蒲生野《がもうの》といい、大津に都を築いた天智《てんじ》天皇の御代には狩場だった。額田王《ぬかだのおおきみ》が薬草を摘む薬猟《くすりがり》を楽しんだ場所ともいう。

八郎兵衛は涼やかな風に身をゆだね、草の萌《も》える原っぱを童心にかえった気分で散策した。

愛知川を渡り、二里ほど進むと高宮宿《たかみや》に達する。

高宮は多賀《たが》大社の門前町で、延命長寿の御利益で知られる「お多賀さん」へは江戸からも参詣者が訪れる。「伊勢へ七たび、熊野へ三たび、お多賀さんには月まいり」と俗謡でも謳われるほど、参詣者の数はおおい。

高宮から、鈴鹿の西麓をめざす。

湖東三山の名刹といえば北から西明寺《さいみようじ》、金剛輪寺、百済寺《ひやくさいじ》だが、金剛輪寺のみが織田信長の焼き討ちを免れた。

奥深い山間《やまあい》の村は、朝鮮半島から渡来して機織りをつたえた秦《はた》氏の定着したところでもある。

秦氏の名を冠された秦川山の中腹に、行基上人は金剛輪寺を建立《こんりゆう》した。

八郎兵衛は雑木林に分けいり、猪や鹿の飛びだしてきそうな杣道《そまみち》をたどった。

鬱蒼《うつそう》とした林を抜け、本道へ通じる参道へたどりつくと、夥《おびただ》しい数の石地蔵が出迎えてくれた。

「千体地蔵か」

人々の信心と山の霊気がまじりあい、一帯は厳粛な空気に包まれている。

山門へ繋がる石段の両脇には紫陽花《あじさい》が蕾《つぼみ》を膨らませ、明日にでも咲きそうな気配をみせていた。

山門をくぐると、読経の荘厳な音色が聞こえてきた。

蒼々とした頭の所化僧たちが庭箒で甃《いしだたみ》を掃いている。

みな、顔をあげ、八郎兵衛をみつめた。

図体のでかい薄汚れた鉢貰いが、それほどめずらしいのだろうか。

やがて、読経さえも歇《や》み、袈裟衣の一団がぞろぞろあらわれた。

一団は左右に分かれ、偉そうな和尚《おしょう》が悠揚と近づいてくる。

眸子を糸のように細め、不躾《ぶしつけ》にもこちらの頭の天辺から爪先まで睨《ね》めまわし、数珠《じゅず》を握った手を突きだして「喝《かつ》」と気合いを入れる。

驚いた。

大音声《だいおんじょう》である。

そのあとに閑寂とした空気が境内《けいだい》を充たし、八郎兵衛は意味もなく額《ぬか》ずきたくなった。

「下根《げこん》の者、世俗の塵埃《ほこり》にまみれておるな。仏道を歩むには修行が足りぬ。賎《いや》しい心根が透けてみえるぞ。うぬっ、僧形は世を忍ぶかりのすがたじゃな。さては、侍か」

和尚は鋭く見抜いた。

物腰を眺めれば、ひと目でそれとわかるらしい。

八郎兵衛は根が生えたように立ち惚けた。

そのとき、あっと声をあげるものがいた。

声の主は一団の垣根から飛びだし、鉄砲弾のように駈けてくる。

小坊主だ。

顔は紅潮し、栗鼠《りす》のような丸い瞳は潤みかけている。

「……お、おぬしは」

八郎兵衛も仰天した。

粟田口の手前に佇む古寺で、冷たい味噌汁を賄ってくれた小坊主だった。

「たしか、佐吉というたな」

「はい」

和尚は黙然とふたりをみつめ、式三番《しきさんば》の翁面《おきなめん》よろしく微笑《ほほえ》む。

そして、八郎兵衛を本堂の伽藍へ導いた。

七間四方の本堂は入母屋造《いりもやづくり》の総檜皮葺《ひわだぶき》で、鎌倉武士の質実剛健さを髣髴《ほうふつ》とさせる建物だった。

弘安《こうあん》十一年、佐々木頼綱《ささきよりつな》の手で再建されたものという。

伽藍のどこかに、秘仏の木造聖観音像が安置されているのだろうか。

拝みたいものだとおもいつつも、八郎兵衛は黙っていた。

八郎兵衛も知る経緯をよよと泣きながら語り、懐中から如意輪観音像を差しだしてみせる。

世話になった住職は女犯の罪で捕縛され、三条河原で頓死《とんし》した。

佐吉は語りはじめた。

関心は、佐吉にある。


「ほう、黄金の観音様か。偉いのう。御本尊だけは手放さずにおったわけだな」

一尺そこその如意輪観音を、八郎兵衛は拝みながら手にとった。

鎌鼬の佐々木重蔵から奪い、狢顔の住職に手渡して以来の再会だ。

麗しい尊顔を眺めていると、和尚が重々しく喋りだす。

「しんしんと雪の降る晩じゃった。佐吉は山門の脇で凍えておっての、なんとか生きながらえたのは奇蹟のようなもの、これも観音菩薩のお導きじゃよ。おてまえとの邂《かい》逅《こう》がかなったのも御仏の功徳《くどく》というものじゃ。さあ佐吉、あれを」

「はい」

佐吉が両手に携えてきたのは、堅牢な柳生拵《やぎゅうごしら》えの差料《さしりょう》であった。

「こ、これは」

大小とも揃っている。

「ごめん」

八郎兵衛は正座になって襟を正し、すっと大刀を引きぬいた。

目に馴染《なじ》んだ二尺四寸の剛刀が、燦爛《さんらん》と光をはなつ。

艶《なま》やかな梨子地の地肌に互の目の刃文、微細な錵《にえ》と青雲のごとき匂《におい》、鋼《はがね》の反りは浅く、身幅は均一で広い。

目釘を抜いて柄《つか》を外せば、茎《なかご》に堀川国広の銘《めい》が鐫《ほ》ってあるはずだ。

「ふうむ」

迫《せ》りあがる歓喜を抑え、八郎兵衛は低く唸った。

「島原の遊廓に預けたまま、もはや、あきらめておった。それにしても、なぜ」

「刀は侍の魂なのじゃろう。佐吉はその大小を手渡したかったがゆえに、おてまえとの邂逅をのぞんでおった」

だから、なぜ佐吉が国広を携えていたのか、それを知りたい。

「三条河原の晒し場におりました」

と、蚊の鳴くような声が洩れた。

佐吉は野次馬にまじり、寒さに震えながら住職の哀れなすがたをみつめていた。

そのとき、坊主頭で晒された八郎兵衛のこともみつけた。周囲の噂を聞きわけ、八郎兵衛が捕縛された経緯を知り、島原の『三文字屋』という妓楼の名をしっかりと耳に留《とど》めた。

野次馬が暴徒と化したのち、佐吉は棒杭を背負って逦げる八郎兵衛を必死に追いかけたのだという。

「なぜ、追った」

「伊坂さまのお役に立ちたかったので」

しかし、三条大橋のたもとで見失い、悩んだあげく、妓楼から刀を奪いかえすことをおもいついた。

「賢いのう。佐吉はまだ十二よ」

と、和尚は非難がましい口調で吐く。

そこでまた、なぜという問いが湧いた。

なぜ、佐吉はそこまでする気になったのか。

「……じ、じつは」

佐吉は嗚咽《おえつ》を洩らす。

御本尊を盗まれた晩、鎌鼬の佐々木重蔵に没義道《もぎどう》な真似をされた。

手込めにされたのだ。

「住職も知っておったのか」

「はい」

狢顔の住職は法堂《はっとう》の陰で震えながら、一部始終を眺めていた。

おのれの命を惜しみ、可愛い弟子を救おうとはしなかった。

八郎兵衛が察したとおり、佐吉は住職の寵童《ちょうどう》だった。

「糞坊主め」

檀家の後家を妾同然に囲い、寺の小坊主には伽《とぎ》をやらせていたのだ。

鬼畜《きちく》と呼んでもかまうまい。

ともあれ、佐吉は鎌鼬の重蔵に深い恨みを抱いた。

ゆえに、恨みを晴らしてくれた恩人の八郎兵衛に少しでも報いたい気持ちがあったのだ。

「三文字屋にむかったのか」

「はい」

「よくぞ刀を奪いかえしたな」

「お女郎のおかげです、狐目の」

「狐目だと、名は」

「葛葉」

「なにっ」

またもや、口を開《あ》かすほど驚かされる。

「三文字屋はんへ駆けこみ、伊坂さまの用事で来たと嘘を吐きました。誰もとりあってくれまへん」

　奉行所の通達で見世をたたまねばならず、ごったがえしている最中だった。

　佐吉が途方に暮れていると、つっと袖を引く女がいた。

「葛葉か」

「はい」

　八郎兵衛の名を口にする理由を問われ、事情をはなすと、河岸の暗がりに連れていかれた。横丁に消えた葛葉は布に包んだ大小を抱えてあらわれ、これでしょと言って差しだした。

「『八さまに渡してさしあげて』と、頼みはりました」

「男はみなかったか」

「おひとりどす。今晩中には京をはなれると仰《おつしや》って」

「行く先を口にしたか」

「北国街道を北へ、と」

「金沢かな」

「さあ、そこまでは」

　血が逆流した。

　怒りなのか。

いや、生きる目途をみつけた喜びにも似た感情だ。

追うか、葛葉を。

ともに遁げたであろう梅若なる小悪党を、国広で斬ってすてるか。

それもよかろう。

だが、決めかねている。

一方で、赦してもよいという気持ちになりかけていたからだ。

「佐吉よ」

「はい」

「おぬしには、どれだけ感謝しても足りぬ」

八郎兵衛はすっくと立ち、帯に大小を差す。

ずしりとした重みに、武者震いを禁じ得ない。

「和尚」

「なんじゃ」

「生身の御本尊を、拝ませてもらえぬだろうか」

「なぜ」

「感謝したくなった」

「無理じゃな。わしとて拝んだことはない。秘仏とは、そういうものであろうが」

「なるほど、和尚の仰るとおりだ」

「これから、どうなさる。侍にもどり、修羅の道を進むのかね」

「修羅の道とは」

「人を殺め、懊悩《おうのう》しながらもなお人を殺める。救いようもない人の業《ごう》を剝きだしにした生き様じゃよ。もし、修羅の道を歩むというのなら、里にもどって町衆の頼みを聞いてやるがよかろう」

「町衆の頼み」

「伊吹山に大蛇《おろち》がおってな、退治してほしいというのじゃ」

美濃との国境に聳える伊吹山は、荒ぶる神の宿る霊山である。

神話の時代より、里人を悩ます悪霊が棲《す》むといわれてきた。

大蛇もそうした悪霊のひとつで、これを退治すべく戦った日本武尊《やまとたけるのみこと》は、逆しまに大蛇の毒で瀕死の重傷を負わされた。麓の醒井《ふもとさめがい》村で清水を吞み、なんとか生気をとりもどしたという逸話が伝承されている。

「物の怪のたぐいならば、和尚が護摩《ごま》を焚き、調伏《ちようぶく》せしめるしかなかろう」

「いいや、相手は物の怪ではない。大蛇の権左《ごんざ》と名乗る山賊の首魁《しゆかい》じゃ。荒くれどもを飼いならし、摺針峠《すりはり》のあたりに出没しては里人に危害をくわえておるようでな」

「なぜ、訴えぬ。摺針峠ならば井伊《いい》彦根《ひこね》三十万石の庭であろうが」

「そこよ。権左というのは狡賢《ずるがしこ》い悪党でな、藩の役人に本腰を入れさせぬためか、中山道を行き交う旅人には危害をくわえぬ。しかも、本来の根城は信楽《しがらき》の山間に隠されておるらしい。周囲には仁正寺《にしょうじ》藩や三上《みかみ》藩などの小藩もあるがな、信楽一帯は天領ゆえ、勘定奉行の支配下にある。藩の捕り方は手を出せぬのじゃ」

「なるほど」

信楽は草津の南東へ四里ほどのところに位置している。

となれば、悪党どもの跳梁は湖東一円におよんでいるといってよい。

里人に恐怖を植えつけるために、伊吹山の大蛇なぞと大仰に名乗っているのだろうと、和尚はいう。

「眉をひそめたくなる噂もあっての」

「ほう」

「信楽の代官が、大蛇の一味と結託しておるというのじゃ」

ありそうなはなしだ。

「八幡や五個荘の商人たちも、ほとほと困っておる。つい先だっても、五個荘で拐《かどわ》かしがあった。年端もいかぬ娘がさらわれたのじゃ。なんと、権左は三千両もの大金を要求しくさった」

「山賊の仕業《しわざ》にしては手がこんでおるな」

「権左は残忍な男じゃ。商人は三千両を払わされたあげく、可愛い娘の遺体と対面することになってしもうた」

ふと、伊吹屋の内儀おゆいのことが脳裏に浮かんだ。

たしか、七つの連れ子がおったな。

不吉な予感にとらわれ、居ても立ってもいられなくなる。

八郎兵衛は和尚と佐吉に深々と頭《こうべ》を垂れ、その日のうちに山を下りた。

四

不吉な予感は当たった。

夜の静寂《しじま》に、女の慟哭《どうこく》が鳴りわたっている。

おゆいだ。

伊吹屋の門口には篝火《かがりび》が焚かれ、大勢の人が血相を変えて走りまわっていた。

門をくぐると、前歯を欠いた下女があたりかまわずに喚いている。

「あてはみたのや、この目でなあ。大蛇は風のようにやってきおった。刃を振りかざし、小脇にお嬢はんを抱えて、つむじのように走りさったのや」

脅《おび》える下女の脇をとおりぬけ、八郎兵衛は草鞋も脱がずに奥へ進んだ。

長い廊下を曲がり、勝手知ったるもののように、大股でずんずん歩いていく。

おゆいの慟哭はつづいていた。

帛《きぬ》を裂くような叫びも聞こえ、胸を締めつけられた。

どうやら、ひとりで仏間にこもっているらしい。

躊躇しつつも、障子をからりと開けた。

仏壇にむかって肩を震わせるおゆいは、振りかえりもしない。

慟哭は消え、嗚咽《おえつ》に変わっている。

「もし」

八郎兵衛は勇気を振りしぼり、塩辛声を投げかけた。

「おゆいどの、わしじゃ。鯉泥棒じゃ。朝餉の礼にまいった。お困りのようなら」

おゆいが首を捻った。

泣きくずれた顔は土気色《つちけいろ》に変わり、生気を失っている。

まるで別人のようで、いっそう胸を締めつけられた。

「あっ、お坊さま」

「おう、そうだ。おぼえていてくれたか」

「娘が……おそめが」

「言わずともよい、わかっておる。気をたしかにもつのだ。娘御はきっともどってくると信じて待つのだ。わしはな、おゆいどのに教えられたとおり、金剛輪寺に詣ってきた。わしのようなものにもご利益はあったぞ。おゆいどのにもきっと観音菩薩のご加護はある。涙を拭きなされ。綺麗な顔がだいなしだ」

おゆいはこっくりとうなずき、袖で涙を拭いた。

突如、物々しい喧噪が聞こえてくる。

どやどやと、廊下を渡ってくるものたちがあった。

捕り方の連中だ。

「まずい」

京都町奉行所から近江一円へ、生臭坊主の人相書が出まわっていないともかぎらない。

それはなくとも、怪しまれるにきまっている。

薄汚い坊主が大小を腰に差し、仏間に立っているのだ。

大蛇の一味とおもわれてもおかしくはない。

とりあえず草鞋を脱ぎ、懐中にねじこむ。

八郎兵衛は「石になれ」と念じ、部屋の隅に胡座をかいた。

そこへ、大柄な侍が颯爽とあらわれた。

「早馬の報《しら》せにより、信楽の代官所からまいった。公事方を預かる岡野《おかの》平助《へいすけ》じゃ」

年齢は四十の手前、衣裳から推すと同心であろう。

裾を端折った荒くれ風の男たちが四、五人、金魚の糞《ふん》のようにくっついてくる。

代官所は手が足りないので、問屋場に屯《たむろ》する気性の荒い連中を顎で使っていることが多い。そうした手合いだろう。

岡野は顎が異様に長く、三日月のように曲がっている。

どうせ、威張りくさった小役人にちがいない。

額《ぬか》ずくおゆいを睨めつけ、岡野はふんと鼻を鳴らす。

慰《なぐさ》めのことばも吐かず、いきなり本題にはいった。

「下女によれば、大蛇の権左があらわれたのは暮れ六つ。内儀はなにをしておった」

「へ、へえ、お得意さまのところへ掛けとりに」

「娘をほったらかしにしてか」

「店《たな》の者たちには、ほかの用事をいいつけてありましたもので」

「内儀にも罪はあるぞ。盗人の詮議は知っておろう。金品を盗んだもののみならず、盗まれたものも怠慢により罰を受けねばならぬ。それが御法度というものじゃ」

「娘は金品やおまへん。相手は極悪人どっせ」

「ほう、この岡野平助に口ごたえをするのか」

「めっそうもござりませぬ」

八郎兵衛は、むかっ腹が立ってきた。

岡野の狙いは想像がつく。

ごたくをならべ、袖の下を要求している。

いずこの役人もいっしょだ。相手の弱味につけこんで、私腹を肥やすことだけを考えている。それでいて、まともな仕事をしたためしがない。

おゆいも心得ている。

仏壇の隅から紫の袱紗《ふくさ》をとりだし、馴《な》れた仕種《しぐさ》で畳に滑らせた。

岡野は屈みこみ、素知らぬ顔で袱紗の中身を拾いあげる。

「ちっ」

と、八郎兵衛は聞こえよがしに舌打ちをかました。

捕り方の連中が一斉に振りむき、岡野が糞でも嗅《か》ぐような仕種で近づいてくる。

「みるからに怪しいやつじゃ。薄汚い願人《がんにん》坊主がなぜ、ここにおる」

三日月顎を震わせ、目を剝いてみせる。

斬るか。

突きでた顎を斬り、血の海に這いつくばらせてやるか。

自重した。

ここは仏間だ。

おゆいの声が凛然と響いた。

「岡野さま、お待ちくださりませ。その者は手前の兄で、実家から駈けつけてくれたのどす。山出し者ゆえ、どうか、どうか、ご容赦くださりませ」

「ふん、山出し風情が。まあよい、大目にみてやる。ところで内儀、われらは彦根藩のしかるべき方々ともすりあわせ、近日中には信楽一円の山狩りをおこなう腹積もりでおる。娘御のことは今少しの辛抱じゃ、まかりまちがっても直訴《じきそ》などしてはならぬぞ」

「へへえ」

直訴をするなと命じておきながら、岡野は娘を救いだすとも、大蛇の権左に引導を渡すとも言わない。

「邪魔をした。ものども、引きあげるぞ」

大袈裟に登場したわりには、あっさり帰っていく。

山狩りなんぞ、いつになったら開始されるかもわからない。

そもそも、大蛇の一味が信楽周辺に隠れているとはかぎらぬのだ。

おゆいも察しており、うなだれた様子がいっそう無惨にみえた。

「鼻糞どもめ、虫酸《むしず》が走るわい」

「お坊さま」

「うん」

「先だっても、五個荘の知りあいに同様の不幸がありました。そのときも、さきほどの岡野さまがお越しになられて」

「金をせびっただけで、めぼしいはたらきはせなんだか」

「はい、恨みにおもう人々は大勢おります」

「あした手合いは大口を叩くだけで、なにもできんのさ」

「彦根のお殿さまに直訴したいと、知りあいは村長《むらおさ》の善兵衛《ぜんべえ》どんに泣きついたのです」

村長は首を横に振ったらしい。

第十四代藩主の井伊掃部頭直亮《かもんのかみなおあき》は、いまや、天下の政道を預かる大老職にある。江戸の千代田城に常勤しており、僻邑《へきゆう》の瑣事《さじ》など取りあってもらえるはずはない。しかも、お膝もとで兇悪無頼の輩が横行しているとなれば、それこそ藩の恥辱、井伊家の家門に傷すらつきかねない。したがって、訴えは無視されるどころか、訴えた者はその場で首を斬られかねない。そう、村長は説いたという。

「お上は頼りにならぬ。村のものたちでなんとかするしかない。そうやって、みなで相談していた矢先、おそめは、おそめは……う、うう」

おゆいはまた、泣きくずれた。

八郎兵衛は辛抱強く待ち、顎を撫でながらこぼす。

「それで、良い策は浮かんだのかね」

「お金をもちより、腕の立つ浪人者を雇おうと」

「雇ったのか」

「何人かは。でも、みかけだおしの方たちばかりで。ただ飯を食い、ほとんどの方がいなくなっておしまいになりました。実《じつ》のある侍などそうはおらぬと、村長は嘆いておられます」

「ふうん、そうか」

「お坊さまにおはなししても詮無《せんな》いこと」

八郎兵衛は黙った。

おゆいは俯《うつむ》き、さきほどまでとはちがう涙を零《こぼ》す。

「どうしたのだ」

「あての出生はご存じでありましょう」

「たしか、百姓であったとか」

「そういうことにしてあるのどす」

「というと」

「前夫は武士でした。信楽のお代官所の公事方を勤めておりました」

「ほう」

言われてみれば、気丈な精神のもちようといい、凜とした物腰といい、武家の女のそれだった。そもそも、百姓の出生にしては肌が白すぎる。

「となれば、岡野平助が前夫の後釜《あとがま》ということになるではないか」

「へえ。でも、夫は肺腑を患い、職を辞したのどす。岡野はんとは、何の関わりもありまへん」

前夫は武士を捨てて百姓になり、すぐに他界してしまった。

胸を患った患者は、背中に四火《しか》の灸を据えるという。

伊吹屋との出逢いは、前夫の病気治療がとりもった縁であった。

「落ちぶれた侍の女と、世間さまにおもわせたくない。そうした心遣いから、旦さんは過去を秘密にしてくれはったのどす」

「だが、岡野のやつは知っている。強請《ゆすり》のねたにでもされておるのか」

「いいえ、秘密にするようなことでもありまへん。ただ、なんとのう、意地悪をされているようで辛《つら》いのどす」

「亡くなった旦那に未練はあるのか」

「あらしまへん。小役人の侍に未練なぞ」

「そうか。なら、よいではないか」

「へえ」

八郎兵衛は、また黙った。

今は拐かされた娘をどうやって救いだすか、そのことに気を集中しなければならない。

沈黙に耐えきれず、おゆいが膝を寄せてくる。

「そのお刀、どうされはったの」

「おう、これか。これは堀川国広というてな、わしの刀じゃ」

「へっ」

「なぜ、坊主が刀をもっておるのか訊きたいか」

「へえ」

「これでも侍の端くれでの。ゆえあって、頭をまるめておった」

「ひょっとして、隠密はんであられますの」

「はは、ちがう。隠密ではない」

かつて、八郎兵衛は江戸南町奉行所きっての隠密廻りであった。だが、おゆいの想像する隠密とは大目付の支配下にあって、大名のあらさがしをする密偵《いぬ》のことだ。

おゆいは口に手を当てたまま、刀をみつめている。

なにかを期待しながらも、戸惑っている様子が窺《うかが》えた。

ろうか。

藁《わら》をもつかみたい心情を隠し、商人の妻らしくこちらの腕前を値踏みしているのだ

「今朝、花鯉を摑まれましたなあ」

「みておったのか」

「へえ、ものの見事に摑まれはった」

「それで」

「ただのお坊さまやない。そう、おもうとりましたんよ」

「花鯉を捕まえるのと人を斬るのとでは、天と地ほどもちがうぞ」

「人を斬ったことが、おありなの」

「ある。京でも悪党を八人斬った」

「まあ」

八郎兵衛は、ぎろりと目を剝いた。

「縋《すが》るか、わしに」

「へ、へえ」

おゆいは、わずかに唇《くち》もとを震わせる。

八郎兵衛は四角い顎を引き、じっくりうなずいた。

「できるだけのことはしよう。されど、安請けあいはできぬ。娘御のことだ」

「覚悟はできております」

「さすがは五個荘のおなご、肝が据わっておるな」

「金額はおいくらで」

「金はいらん」

「では、なにを」

「この面をよくみろ」

「はあ」

「悪党面であろうが」

「そうはみえませぬ。お髭を剃れば良い男ぶりにござりましょう」

「髭か」

「へえ、ついでにお髪《ぐし》のほうも」

「いいや、おゆいどの、わしは悪党なのだ。もしかしたら、大蛇の権左よりひどい男かもしれん。はっきり言おう、おまえさんのからだが欲しい」

「へっ」

おゆいは眸子を瞠《みは》り、黒目がちのおおきな瞳を曇らせた。

かたちのよい小鼻が張り、受け気味の朱唇が濡れている。

頰に朱が差したせいか顔の色艶も良くなり、喪に服する女性のごとき謎めいた妖艶さが際《きわ》立ってみえた。

「かしこまりました。娘をとりもどしてくれはったら、このからだ、お好きにしていただいて結構どす」

「ま、まことか」

「嘘は申しまへん」

「ならば、酒を貰おう。そのうちに先方から金の要求がくる。今は待つしかない」

「へえ」

おゆいはおのれの直感を信じ、八郎兵衛に縋りつこうとしている。

蠟燭のように白い顔は、感情の抜けおちた能面のようでもあった。

五

翌日は早朝から、雨がしとしと降りだした。

卯の花腐《くだ》しと呼ばれる雨だ。

朝の辰《たつ》ノ刻を過ぎたころ、門柱にかんと鏑矢《かぶらや》が刺さった。

家のものは慌てふためいたが、おゆいだけは毅然《きぜん》と仏間に端座していた。

鏑矢には文が巻かれており、金釘《かなくぎ》流の文字で「金三千両　亥《い》の刻　摺針峠」とだけ記されてあった。

噂を聞きつけ、伊吹屋に人があつまった。

村長をはじめ、商人仲間の肝煎《きもい》りやらなにやら、五個荘の村を仕切る者たちだ。

おゆいは来るひとごとに挨拶を交わすと、願掛けをするためか仏間に引っこんだ。

客間は人いきれで蒸せかえり、口角泡を飛ばして善後策を論じる者、出された食事をせっせと口にはこぶ者、悲愴な顔で黙りこむ者とさまざまで、そうしたなかに人相風体の怪しい浪人者ふたりもまじっていた。

「拙者は越後浪人、本間《ほんま》徹心《てつしん》」

「身共《みども》は薩摩《さつま》浪人、荒山《あらやま》五郎左衛門《ごろうざえもん》」

名乗りをあげたふたりは、みなに「先生」と呼ばれていた。

灰汁《あく》が強いだけでなく、いずれも腕前に相当な自信をもっているようだ。

ただ飯を食って逃げださなかっただけでも偉いと、八郎兵衛はおもった。

身は落ちぶれても、心に武士《もののふ》の矜持《きょうじ》だけは携えているのだろう。

痩身の本間は口数がすくなく、切れ長の眸子に刺々《とげとげ》しさを宿していた。蛇のような男だ。大小のほかに管槍を携行しており、槍術で有名な奈良宝蔵院《ほうぞういん》の門を敲いたこともあるという。

一方、巨漢の荒山は顔全体が髭に覆われ、いつも大汗を掻いていた。

汗掻きの態だ。本間とちがって快活な男で、よく食い、よく喋る。こちらは三尺にちかい肉厚の剛刀を背負いこんでおり、本人の申すところによれば、野太刀自顕流《のだちじげんりゅう》の師範代をつとめたこともあるらしい。

「で、貴公は」

荒山に水をむけられ、八郎兵衛はつるっと頭を撫でた。

頭髪を綺麗に剃りあげ、髭もさっぱりしている。

荒山のみならず、一同の眼差しが集まった。

聞けば、この坊主、内儀みずから人選した剣客らしい。

はあて、腕前のほどはいかなるものか。

役に立つ男かどうか。

得体の知れぬ新参者を、みなで値踏みしようというのだ。

「みてのとおり」

八郎兵衛は一本に繋がった眉を寄せ、酒臭い息を吐く。

「それがしは、酔いどれ坊主でござる」

周囲にどっと笑いが起き、一気に緊張がほぐれた。

よっこらしょっと腰をあげたのは、村長の善兵衛である。

「これこれ、みなの衆。不謹慎にござるぞ」

ひとこと言いおき、善兵衛は厠へ消えた。老人だけに小便がちかい。

「酔いどれ坊主どん。さ、一献」

荒山は銚子をかたむけた。

年端もいかぬ娘が拐かされたというのに、男どもは宴会気分で酒を呑んでいる。

おゆいが仏間にこもりたがるのもわかる。

だが、八郎兵衛も嫌いではない。

蟒蛇《うわばみ》のごとく昨晩から呑みつづけ、顔は茹《ゆ》で蛸《だこ》のようになっていた。

おゆいどのに嫌われたかもな。

案じつつも、呑まずにはいられない。

娘を助けるかわりに、おまえさんのからだが欲しいなどと、外道じみた台詞を口走ったからだ。

今さら悔いても、いちど口に出した台詞を引っこめることはできぬ。

三条河原に晒されて以来、人への不信はいっそう深まった。

そもそもは罪深き過去を償う鎮魂の旅であったにもかかわらず、心持ちは善と悪の間《ま》境《ざかい》を行きつ戻りつしている。

「どがんしたと、坊主どん」

「別に」

「もしや、内儀に懸想されたか」

「ん」

「図星《ずぼし》じゃな。ほんなこて美しかおなごたい。ところで貴公、いくら貰う」

「一銭も」

「戯《ざ》れ事を抜かしよっとか」

「まことだ。内儀には借りがあってな、酒が報酬代わりさ」

「ふっ、嘘をこけ。おいどんと本間氏《うじ》は五十両ずつじゃ。五十両といやあ大金よ。のう、本間氏」

本間は眠そうな目でうなずき、鞘走らせた管槍の穂先を磨きはじめる。

人嫌いというやつだ。

食うために人を殺め、報酬を貰う。

これまで、何人の者を管槍で串刺しにしてきたのだろう。

こうした手合いなら、八郎兵衛も知っている。

罪人として土壇に座らされた途端、狂ったように泣き喚くにちがいない。

いつも、おのれの手で刺した死人の影に怯《おび》えているのだ。

村長の善兵衛が厠から戻ってきた。

曲がった背につづいて、おゆいもあらわれる。

顔にほどこした薄化粧が、まるで、死に化粧のようだ。

一同は息を呑む。

人嫌いの本間でさえ、おゆいの凄艶《せいえん》さに見惚《みと》れている。

「さて、みなの衆。主人の与左衛門どののもとへは早飛脚を走らせたがの、江戸からの戻りを待っておったのでは手遅れになるのは必定《ひつじょう》。ここはいちばん、みなでおゆいどのを守《も》りたて、善後策を講じねばならぬ。そこで、まずは金策の件じゃが」

村長は皺顔《しわがお》に眸子を埋め、あつまった商人たちを一瞥《いちべつ》した。

みながみな、したをむいている。金を出したくないのだ。

なんだおい、睾丸《たま》無し野郎ばかりか。

三千両といえば、大金だ。

みすみす奪われてしまいかねない大金を、貸しつけるには勇気がいる。

そのあたりは商人なので、みな、算盤《そろばん》勘定に長《た》けている。

与左衛門自身の証文が欲しいという者まであらわれる始末だった。

おゆいが後添《のちぞ》いであることも影響している。

どことなく気の抜けたような空気がただようのも、拐かされた娘が百姓の連れ子だとおもっているからだ。

いずれにしろ、のっけからこんな調子では雁首《がんくび》を揃えた意味はない。

「結構どす」

正面に端座するおゆいが、きっぱりと吐いた。

「みなさまに、ご迷惑をおかけするわけにはいきませぬ。三千両は伊吹屋でご用意いたしますゆえ、ご心配なさらずに」

「そ、そうか。さすがは大店の内儀じゃの」

村長はほっと安堵の溜息を吐き、さて、つぎはと、はなしをすすめる。

「摺針峠へ誰と誰がまいるかということじゃが。別段、相手も指定せなんだからの、金さえ届けば誰がまいってもよいということになる」

のんびりとした進行に、八郎兵衛はいらついた。

その気持ちを汲《く》みとるかのように、おゆいが口をひらく。

「お侍はんのほかは、あてひとりでよろしゅうおす」

「それはまずい。おなごを狼の群れのなかにやることはできぬ。この老いぼれが参ろう。どうせ、明日にでもお迎えの来る身じゃ」

「ご老人、やめておけ。足手まといになる」

びしっと釘を刺したのは、管槍を磨く本間だった。

村長は入れ歯を外しかけ、口のなかへ押しこむ。

「内儀はいいたしかたないとしても、ほかに刀を使えぬものは不要」

「ですが本間先生、交渉事はあてらのほうが上手《うま》いのどっせ」

横から口を出したのは、肝煎りの三上屋彦右衛門《みかみやひこえもん》という男だ。

本間は、蛇のような目を剝いた。

「悪党に交渉など通じぬ。ただ、斬るのみ」

「ちょっとちがうな」

と、八郎兵衛が割ってはいる。

「なしてじゃ。おぬし、なにが言いてえ」

越後訛《なま》りで凄《すご》まれても、恐くはない。

「娘御を生きて救いだすのが先決、そのための三千両だからな。となれば、交渉がいる。交渉役はわしが引きうけよう」

「おぬしがか」

「風体が坊主なら、相手もさほど警戒すまい。まずは、わしがひとりで千両を担ぎ、敵の囊中《のうちゅう》へ踏みこむ。首魁の権左と鼻をつきあわせ、そっからが交渉事だ。娘の身柄を無事に戻せば、残りの二千両を渡すともちかける」

「そげなはなしは呑めねえ。おぬしひとりを摺針峠へやるわけにはいがねえ。千両抱えたその足で逃げるかもしれねえすけにな」

「だったら、本間どのも従《つ》いてくるがよかろう。ただし、物騒な得物《えもの》は無しだ、町人に変装してもらう」

「町人に」

「相手を警戒させないためさ。いや、町人より、駕籠《かご》かきのほうがよいかもしれん。あんたと荒山どのが駕籠を担ぎ、娘御を乗せてくるってのはどうだ」

「ほほう、それはよか案たい」

荒山が膝を乗りだす。

「ほんじゃが、難題はそっからさきよ。おはんの身が危険にさらされっど」

「危険は承知、覚悟のうえだ。これでも、侍の端くれだからな」

「ほほう、嬉しいことを抜かす。で、のこりの二千両ばどがんすっと」

「渡さぬ。娘御さえ無事にもどれば、こっちのものだ。わしがその場で権左を斬ってもよい」

「おはんがか」

「ああ」

「できるかのう。賊の数は五十をくだらぬというし」

「敵の鶏冠《とさか》を獲るのが合戦の常道だ。権左を殺《や》ればなんとかなる。その場で斬るのが無理なら、機を窺うさ。敵のねぐらをつきとめたら、助っ人にきてくれ。あんたらも五十両ぶんの仕事はしなくちゃならんだろうからな」

「ふむ、ようわかった。のう、本間氏、みなの衆もよか案じゃとおもいもはんか」

憮然《ぶぜん》としながらも、本間は反論しない。

一同から、賛同の声が洩れた。

「ただし」

と、八郎兵衛は前置きし、おゆいのほうへ向きなおる。

「内儀は家にいてもらう。仏間から一歩も動いてはならぬ。観音経をあげてくれ。それが殺しを請けおう条件だ」

おゆいは、黙ってうなずく。

座は水を打ったように静まりかえった。

指定された刻限が近づくまで、八郎兵衛は酒を呑みつづけた。

六

霧雨の煙る峠の道に立っている。

墨を塗りこんだような闇だ。

天球に星の瞬きはなく、月は黒雲に隠れていた。

摺針峠は鳥居本《とりいもと》と番場《ばんば》の中間に位置し、近江路最大の難所である。

江戸からのぼってきた旅人がはじめて琵琶湖を眼下にする名所でもあるのだが、今は漆黒の闇だけがひろがっている。

夜中の亥ノ刻を過ぎると行き交う者はひとりもおらず、閑散としたものだ。

時折、笹藪《ささやぶ》に赤い光が閃《ひらめ》いた。

狐か、狸か。

もしかしたら、屍肉を狙う山狗の眼光かもしれない。

八郎兵衛は小判の詰まった笈《おい》を背負い、往還のまんなかに丸腰で立っている。

わずかに離れて、駕籠かきに扮した浪人ふたりも控えていた。

本間は先棒で、荒山は後棒だ。

「ふっ、上手く化けたな」

駕籠のなかに細工をほどこし、三人ぶんの刀と管槍一本を忍ばせてある。

約束の刻限から四半刻、じっと待ちつづけていた。

大蛇の権左は狡猾《こうかつ》な男だ。

どこかしらに潜み、こちらの様子を窺っているのだろう。

捕り方の気配はないか、怪しいものはおらぬか。一里四方へ乾分どもを散らし、手抜かりなく事をすすめようとしているにちがいない。

下手《へた》に動けば、おそめを殺されかねない。

八郎兵衛には、娘が生きているという確信があった。

鬱蒼とした森の奥から、おそめの鼓動が聞こえてくるのだ。

わしの娘なら、一命を擲《なげう》ってでも救いだそうとするだろう。

金で済むことなら、身代《しんだい》を潰しても構わないとおもうはずだ。

八郎兵衛に子はない。

だが、おゆいの気持ちは痛いほどわかる。

子をなし、家名を存続させる。そう望んでいた時期もあった。

四年前、日本は未曾有の飢饉に襲われた。

八郎兵衛は上役に命じられるがまま、筵旗を掲げる百姓や打ち壊しに暴走する浪人どもを捕縛した。片っ端から捕縛し、つぎからつぎへと獄門台へ送りこんだ。見せしめのためであったが、ほとんど効果は期待できなかった。餓えた貧乏人どもは蜂起をやめず、暴走を繰りかえした。

酒に溺れたのは、そのころからだ。

今でも飢饉は全国津々浦々で猛威を振るっている。

近江のように豊かな土地はむしろ、めずらしいほうだ。

餓えと疫病、間引きに身売り、略奪に放火、路頭に迷う幼子たち。どれだけ捕縛しようが、悪党どもは膿《うみ》のようにわいてでる。しかも、捕まるのは小悪党ばかりだ。本物の悪党は賄賂を湯水のようにつかい、おめこぼしを受け、おおきな顔でのさばっている。

悪徳商人や不良旗本は根こそぎ始末してやりたかった。

口惜《くちお》しいが、そいつらには手を出せない。

上役どもは、捕吏の大義を忘れていた。面倒事が起これば無関心を装い、威張りちらす以外に能はなく、悪徳商人と結託して賄賂を貯め、保身に血道《ちみち》をあげた。

八郎兵衛も例外ではなかった。

阿呆な上役の手足となり、顎でこきつかわれ、点数稼ぎに奔走し、いつしか毒水に浸《つ》かっていった。

武辺者の矜持《きょうじ》すら忘れかけ、耐えがたいほどの自己嫌悪にさいなまれた。

抗いがたい憤懣が鬱積し、身悶《みもだ》えしながら突破口をもとめたのだ。

どう足掻いたところで、突破口などみつかるものではない。

いっそう、酒に溺れた。

大塩平八郎は偉いと、つくづくおもう。

反骨魂を発揮し、安逸を貪る役人どもに牙を剝いてみせた。

早期に鎮圧されはしたものの、幕府の政道そのものに猛省をうながすべく一石を投じたことはたしかだ。

蜂起するだけでも偉い。
「それにひきかえ、わしは」
抗いがたい世の中に鬱々と憤懣を抱きつづけ、憂さの捌《は》け口を酒にもとめた。
どのような理由にせよ、酒に溺れたおのれがわるい。
八郎兵衛は、霧雨の煙る峠の道に立っている。
「どこかで、道をまちがえたような」
そんな気もする。
蜂起した百姓や浪人を半殺しの目にあわせたときだろうか。
それとも、宴席で上役を罵倒したときだろうか。
人生の重要な岐路で誤った方向へ進んだのかもしれぬ。
無論、いまさら悔いても詮無いことだ。
懐中から竹筒をとりだし、ぐびっと飲《や》る。
こいつだけは、やめられない。
酒を呷《あお》って人を斬り、酒臭い息を吐きながらまた、人を斬る。
それが修羅の道というのなら、まっしぐらに突きすすむしかないではないか。
「お、あらわれたぞ」
後棒役の荒山が囁いた。

悪党の影が五つばかり、笹叢《ささむら》から飛びだしてくる。

「坊主、こっちへこい」

影のひとつが、白い息を吐いた。

峠の頂上は、まだ寒い。

「伊吹屋の使いじゃな。金はもってきたか」

ずいと一歩踏みだした男は杣人《そまびと》のように毛皮を纏い、腰に鉈《なた》をぶらさげている。

髪も髭も伸び放題で眸子は血走り、いかにも山賊といった風情の男だ。

「坊主、口が利けねえのか。金は」

「ある。おぬしが権左か」

「けへ、おかしらがお出ましになるかよ。わしゃ猿《ましら》の藤治《とうじ》ってもんだ。おかしらの右腕さ」

「ほう、右腕か」

「ところでよ、なんで駕籠かきがいる」

「娘を乗せて戻すためだ」

「へえ、無事に連れ帰るつもりか。めでたい坊主じゃのう」

藤治は口の端を歪《ゆが》め、鉈の柄を握りしめた。

「ここでやりあうつもりか。三千両を携えてきたとは言うておらぬぞ」

「なぬ」

「笈のなかに千両ある。残りが欲しけりゃ、娘を無事にかえすんだな」

「くそっ」

藤治は奥歯を嚙《か》みしめた。おのれではきめかねている。

こちらの狙いどおりに「従いてこい」と言い、唾を吐きすてた。

七

駕籠かきに化けたふたりを残し、八郎兵衛は深い森へ分けいった。

どこをどう歩んでいるのか、皆目、見当もつかない。

山賊どもはさすがに馴れた道らしく、迷うこともなく進んでゆく。

それでも、さほどの道程は歩まずに済んだ。

街道から約一里、方角は真南にちかい。

大きな山毛欅《ぶな》の木陰を過ぎると、篝火の点《とも》った賤ヶ屋があらわれた。

「娘はあのなかに」

「ああ、ちゃんと生きてるよ」

藤治は権左を懼《おそ》れてか、わずかに声を震わせた。

ぴっと口笛を鳴らし、見張りの者に合図をする。
丸木の扉がひらき、人相風体の賤しい乾分どもがあらわれた。
ざっとみたところ、二十人はくだるまい。
信楽に根城があるというくらいだから、もっと大勢いるのだろう。
「坊主、こっちだ」
藤治に促され、賤ヶ屋のなかへ踏みこんだ。
蠟燭の炎が揺れ、小さなからだがぴくっと反応する。
「おそめ、おそめか」
まるで、父親になった気分で声を掛ける。
おそめは薄目をあけ、ううと苦しげに呻《うめ》いた。
生きてはいる。
が、まともなあつかいは受けていない。
七つの娘を縛りつけ、冷えた土間にころがしているのだ。
名状し難い怒りが、沸々とわいてきた。
「ほれ、金をもってきたぞ」
八郎兵衛は怒りを抑え、笈をどんと土間に置いた。
すかさず、藤治以下の乾分どもが群がり、笈の中身をたしかめる。

「おかしら、山吹色だあ。千両でさ」

「なに、千両じゃと」

暗がりの奥から、ぬっと巨体があらわれた。

息を呑むほど、図体がでかい。

こいつが大蛇の権左か。

丈で七尺は優にある。

重さも四十貫目はありそうだ。

石臼《いしうす》だな、まるで。

顔もでかい。藤治の倍はある。

頭は才槌頭で、眉間《みけん》に酷《ひど》い刀傷が見受けられた。

噂に違《たが》わず、化け物じみた外見の持ち主だ。

化け物は、藤治の顔を蹴りつけた。

「ひぇっ」

「この役立たずめ。あと二千両はどうした」

「勘弁してくれ。おかしら、坊主に、坊主に訊《き》いてくれよ」

右腕と豪語するわりには、情けなさすぎる。

化け物ひとりを斬ってしまえば、あとは塵《ちり》同然だなと、八郎兵衛は察した。

権左は藤治を蹴倒し、傲然と首を捻る。

「坊主、おぬしは何者じゃ」

「伊吹屋の使いだ」

「んなことはわかってる。ただの坊主かと訊いておるんじゃ」

「そうだよ。なんなら、経でもあげようか」

「糞坊主め、死にてえのか」

「わしが死ねば、二千両は手にはいらぬぞ」

「莫迦な。いざとなりゃ伊吹屋の蔵を襲うてやるぞ。なあに、わけはない。彦根の番方が騒ぎだしたら、信楽に逃げこめばよいだけのはなしじゃ」

「信楽へか。なるほど、代官をまるめこんでおるわけか」

鎌を掛けると、権左はふっと黙った。

正直な男だ。

三日月顎の岡野平助。

太々しい小役人の顔が脳裏に浮かぶ。

まず、まちがいあるまい。

代官まではどうか知らぬが、岡野は権左とつるんでいる。

「問いに答えろ。糞坊主が死ぬと、なんで二千両が手にはいらねえんだ」

「知りたいか。仏罰がくだるからさ」

「くわっ、ははは」

　権左は腹を抱えて嗤った。

「こいつは可笑《おか》しい、腸《はらわた》がねじくれる。おめえ、肝が据わってんじゃねえか、ちこっと気に入ったぞ。まあ、座れ」

　八郎兵衛は上がり框《かまち》に腰を下ろし、おそめのほうをみやった。

「娘をかえしてくれ。はなしはそのあとだ」

「よし、わかった。藤治、娘っこを丁重《ていちょう》におかえしせい。なんだ、文句あっか」

「峠に駕籠があるんでさあ」

「だったら、駕籠に乗せてかえせ」

「いいんですかい」

「はやく行け」

　藤治はおそめのからだを引きかつぐと、小屋から飛びだしていった。

　すばしこい。

　猿の異名は、伊達《だて》ではなさそうだ。

「さあて、やることはやった。どうする、糞坊主」

「駕籠かきが文をもっておる。そこに二千両の隠し場所がしたためてあってな、娘と引き替えに文を手渡す段取りだ」

「おめえ、それで札《ふだ》を握ったつもりけ」

「まあな」

「隠し場所はどこじゃ。口でいえ」

「わしは知らぬ、文に書いてある」

「けっ、まわりくどいことをしよる」

「そのあたりは慎重にせんとな」

「がよ、隠し場所がわかったら、おぬしは用無しじゃぞ。死んでもええんか」

「死にたかないわ」

「ならよ、なんで、のこのこやってきおったんじゃ。よほどの理由があんのか」

「あるともないとも言えぬな」

「どういうことじゃ」

「おのれでもわからぬ、強《し》いて言えば、煩悩《ぼんのう》には勝てぬということじゃろう」

「変わった坊主じゃのう。だったらよ、おめえらが裏切ったときはどうしてくれる。隠し場所に捕り方なんぞが潜んでおったときにゃ、坊主の首ひとつでは足りぬぞ」

「蔵でもなんでも、勝手に襲えばよかろうが。そうさせぬために、五個荘の者たちも真剣なのさ。三千両で終わりにしたい。そう、願っておる」

「終わりにするかどうかは、二千両をいただいてから考えるとしよう」

八郎兵衛は、眸子に殺気を宿した。

「そんなに金が欲しいのか」

権左は、ふんと鼻を鳴らす。

「あたりまえじゃろうが」

「何に使う」

「酒と女」

「それから」

「はあて、考えたこともねえな」

「金品を掠め、罪無き人々を殺める。それ自体がおぬしの目途、生き甲斐なのか」

「おめえ、大蛇の権左に説教をたれにきたのか。それにしても、わからぬ。五個荘の連中はなんで、おぬしのごとき糞坊主を寄こしたのじゃろう」

権左は乾涸《ひか》らびた脳味噌を絞り、じっと考えこんだ。

やがて、文を手にした猿の藤治がもどってきた。

八

文には「信楽雲井の一本杉」とあった。

嘘っぱちだ。

われながら、妙案だとおもう。

近江路を東から西へ、西から東へと往復させ、ときを稼ぐのが狙いだった。

早馬をけしかけられても、一刻余りは保《も》つだろう。

丑三つまでになんとかすればよいと、八郎兵衛は踏んでいる。

そのあいだに、本間と荒山も駆けつけてくれるにちがいない。

狙いどおり、権左は五人の乾分を割《さ》き、信楽方面へ向かわせた。

のこった山賊の頭数は十四、五人、ひとりでもやってやれない数ではない。

刀はなんとでもなる。

間抜けな乾分をみつけ、奪えばよいだけのはなしだ。

やはり、最大の難物は首魁の権左であった。

いまのところは暢気《のんき》に鼻をほじっているものの、突如として頭の捻子《ねじ》が切れ、暴発しないともかぎらない。

暴発させてしまったら最後、こっちの首が飛ぶ。

素手でも肉を潰し、骨をも砕きかねない男なのだ。

膂力《りょりょく》でかなわぬのはあきらかだし、刀をもちいても一刀で仕留める自信はない。

はて、どうする。

初太刀で狙うとすれば、巨木の幹のような胴は避けねばなるまい。

頑丈そうな才槌頭も避けるべきだろう。

四肢のどれかを斬っても、平気で立ちむかってきそうな気がする。

やはり、喉か。

首の一点に神経を集中させ、渾身《こんしん》の突きを繰りだすしかなさそうだ。

「おい糞坊主、なにを考えておる」

権左の大顔が、鼻先に迫った。

「命乞いをしたけりゃ、今のうちじゃぞ」

「命乞いをすれば、助けてくれるのか」

「ふはっ、ようわかっておるの。顔をみられた以上、生かしておくことはできぬ。どうじゃ、恐くなったか」

「どうせ、いつかは死ぬ。人助けで死ねたら本望、極楽へ行けるからの」

「極楽か」

「ああ、そうだ。どんな悪人でも、最後にひとつだけ良いことをすれば、極楽へ行けるのだぞ」

「え、まことか」

権左は鼻の穴をおっぴろげ、顎を迫りだしてくる。

情けないほどに顔をゆがめ、泣きそうな眸子で「極楽か、極楽か」と繰りかえす。

単純な男のようだ。

真の悪は、権左のような化け物をのさばらせている連中かもしれない。

とりあえず、岡野平助という奸物《かんぶつ》は斬らねばなるまい。

代官も奸物なら、斬るしかなかろう。

おなじ悪党でも、権力を笠に着て悪事をはたらく連中は赦せぬ。

「坊主、腹は減らぬか」

権左は乾分を大声で呼び、七輪をもってこさせた。

炭を入れ、網を焼く。

暗がりから大事そうに肉のかたまりをとりだし、小刀で肉厚に切ると網のうえに載せた。

「牛じゃ」

香ばしい匂いが、さほど広くもない賤ヶ屋のなかに立ちこめる。

彦根の名産といってよい。

農耕に役立つ牛馬を食するのは法度だが、代々、彦根藩は幕府の陣太鼓に使用する牛皮を献上する役目を負っている。皮を剝いだあとの肉は味噌漬けにし、養生薬《ようじょうぐすり》として将軍に献上するのだ。

かといって、近江の人々があたりまえのように牛を食べるわけではない。牛肉は希少で、貴人が隠れて食するものにほかならなかった。

「美味そうじゃろう」

権左は焼いた肉を頰張り、むしゃむしゃ食べはじめた。

八郎兵衛は口に唾を溜め、小鼻をひくつかせながら匂いを嗅いでいる。

自然と、からだが前のめりになってくる。

権左は団扇《うちわ》までもちだし、煙を扇《あお》ぎはじめた。

「食いたいか。食わしてやってもよいが、坊主には戒律があるからの」

にやつきながら肉を食い、団扇をぱたぱたやってみせる。

「坊主、食いたいかよ」

「いらぬわ」

「そうか。惜しいのう。二度と食えぬぞ」

「いらぬと言うておろうが」

「くふふ、坊主がむきになっておる。肉を食うたら極楽へ行けんのじゃろう。ま、匂いで我慢せい。もっとも、こんなものは焼かずともよいのじゃ」

権左はそう言い、血の滴《したた》る生肉にかぶりついた。

即座に肉の大きなかたまりを平らげ、げぷっと臭い息を吐く。

「ふう、食った、食った。これでこそ、生きておる甲斐がある」

権左は口を漱《すす》ぐように酒を呷り、乾分を何人か呼びつけた。

「おめえら、坊主を縛りつけろ」

「へい」

八郎兵衛は後ろ手に縛られ、土間にころがされた。

三条河原に晒されたときよりも、惨めな気分だ。

牛肉も食えず、酒も呑めない。

おのれでも驚くほど、五体に殺気を漲《みなぎ》らせているのがわかる。

やはり、化け物を殺すしかない。

「坊主をみてろ」

権左はやおら腰をあげると、大股で土間をまたぎ、篝火のむこうに消えていった。

おおかた、野糞でもしにいったのだろう。

わざわざ縄で縛りつけるとは、なかなかに慎重な男だ。

急いで縛ったせいか、縄目はあまい。
ふたりの乾分は肉の欠片《かけら》を喰《くら》おうと、必死に七輪を抱えこむ。
そろそろ、行動を起こさねばなるまい。
八郎兵衛は渾身の力を込め、両肘を張った。
縄はくたくたと弛《ゆる》み、上半身がするっと抜ける。
乾分どもはまだ、勘づいていない。
間合いをはかり、蛙跳びの要領で跳ねた。
あっと、声を出す暇もない。
ふたりとも水月《すいげつ》に拳《こぶし》を叩きこまれ、泡沫《あわ》を吹きながら昏倒した。
ふた振りの大刀を奪い、抜いてみる。
山賊にはもったいないほどの代物だ。
一本は捨て、身幅の広いほうを腰に差す。
さらに、権左の食いちらかした肉屑を拾いあつめ、口いっぱいに詰めこんだ。
咀嚼《そしゃく》する。
「……こ、こりゃ美味い」
刹那、扉のむこうに悲鳴が響いた。

九

助っ人の本間と荒山にちがいない。

五十両ぶんの仕事をやりにきたのだ。

丸木の扉を蹴破った途端、乾分がひとり躍りかかってきた。

抜刀し、斜《はす》に薙ぎあげるや、血飛沫がざっと篝火に降りかかった。

「うわっ、糞坊主」

仰天して叫ぶのは、猿の藤治だ。

弾《はじ》かれたように飛んだ刹那をとらえ、袈裟懸けに斬りさげる。

「ぎゃあああ」

血煙が舞い、藤治はふたつにちぎれた。

さらにひとりを斬り、断末魔を聞きながら別のひとりを薙ぎふせる。

返り血が雨となり、頬に降りかかった。

篝火に照らされた八郎兵衛の顔は、赤鬼と化している。

「荒山五郎左衛門、助太刀にまいったあ」

大音声に振りむけば、荒山が剛刀を一閃させ、賊の首を飛ばしたところだ。

闇を透かしみれば、本間徹心が管槍を旋回させ、悪党どもを突きまくっている。

静寂の森は阿鼻叫喚《あびきょうかん》の坩堝《るつぼ》となりかわり、さながら地獄絵の惨状をみせつけた。

八郎兵衛は四人斬った。

浪人三人で悪党を四人ずつ斬れば、勝敗は決したも同然となる。

だが、肝心なことを忘れていた。

権左め、どこへ行った。

「坊主どん、ほれ」

「お、すまぬ」

荒山が大小を手渡してくれた。親切な男だ。

悪党から奪いとった刀を捨て、使いなれた国広を腰に差す。

「坊主どん、大蛇の権左はどこじゃ」

それがわかれば苦労はせぬ。

血に酔ったわけではないが、権左のことを忘れかけていた。

化け物は野糞にいったきり、戻ってくる気配もない。

「ぎぇ……っ」

突如、怖気《おぞけ》立つような悲鳴が耳朶に飛びこんできた。

誰の悲鳴かはわからぬ。

ただ、あきらかに質がちがう。

よほどの恐怖を体験しないかぎり、しぼりだすことのできない響きだ。

山毛欅の木陰から、ぬっと巨体があらわれた。

「いた、権左だ」

「おお」

化け物の放つ威気に、荒山はたじろいだ。

尋常ならざる輪郭があらわになると、さすがの八郎兵衛も肌の粟立《あわだ》つおもいを感じた。

さきほどまでとは、目の色がちがう。

人相も激変し、悪魔に憑依《ひようい》されたかのごとき険悪さだ。

「坊主、謀《たばか》りおったな」

野太い声が地の底から響き、足もとをぐらつかせた。

「乾分はひとりものこっておらぬ、みんな冥土《めいど》へ逝《い》ってしもうたわ。ほれ、痩せ浪人の首じゃ」

権左は右手で、毬藻《まりも》のようなものを摑みあげてみせた。

本間だ。

捻じきられた本間の生首だ。

双眸《そうぼう》を瞠り、前歯を剝き、この世の恐怖を一身に引きうけたような顔だった。

「坊主どん、遁げてもよかか」

荒山は刀を八双《はっそう》に構え、権左から目を逸らさずに口走る。

「あん化け物、一撃では仕留められんど」

「みろ。左腕が肩口から無いぞ」

「お、まことじゃ。さては、本間氏が」

「腕一本と命を交換したのだな」

権左はしかし、痛そうな素振りさえみせない。

「ならば、おいどんが引導を渡そう」

言うが早いか、荒山は「ちぇ、ちぇ……っ」と、猿叫《えんきょう》を発した。

右肘を張り、太刀を高く掲げ、陣風のごとく躍りこんでゆく。

野太刀自顕流、蜻蛉《とんぼ》の構えだ。

自顕流に二の太刀はない。

一撃必殺、敵を鎧甲《がいこう》もろとも、真っ向から斬りおろす。

斬撃の有り様は、蝮《まむし》が鎌首《かまくび》をもたげ、敵の急所を狙って咬《か》みつくすがたにも似る。

ゆえに「すてがまり」と称する剛毅な剣が、化け物の頭蓋に打ちかかっていく。

「ちぇ……っ」

荒山は死線を飛びこえ、才槌頭を狙って剛刀を振りおろした。

刹那、権左が真横に飛んだ。

素早い。

巨体からは想像もできない動きだ。

いつのまにか、右手に刀を握っている。

ただの刀ではない。青龍刀とも見紛うほどの、四尺余りもある戦場刀だ。

化け物であっても、素手では戦えない。背中に戦場刀を負っていたのだ。

荒山は空《す》かされ、たたらを踏んだ。

「死ねや、野良犬」

権左が吼える。

怒声とともに閃光が奔《はし》り、荒山は肩口から脇腹まで一気に斬りさげられた。

「ずおおお」

咆哮《ほうこう》は、権左のものだ。

刃が縦横に振られ、荒山のからだはずたずたに斬りさかれた。

すべての肋骨《あばら》は皮膚を破って突きだし、破裂した心ノ臓からは夥しい血が噴出している。

もはや、肉片であった。

牛肉のかたまりをおもいだし、八郎兵衛は嘔吐しかけた。

「坊主、おぬしの番じゃ」

化け物が身を屈め、正面から突進してくる。

八郎兵衛は間合いを測り、喉をめがけて脇差を投げつけた。

ぐさっと、刃は刺さった。

が、権左は動きを止めない。

それどころか、喉に刺さった刃を引きぬき、おのれの血を靡《なび》かせながら駈けよせてくる。

首の分厚い肉が、太い脈を守ったのだ。

八郎兵衛は両脚を前後にして身構え、大刀の鯉口をぴっと切った。

「そりゃあ……っ」

権左は撃尺《げきしやく》の間合いを越え、四尺の剛刀を振りかぶる。

八郎兵衛は、すっと沈みこんだ。

「ふん」

沈みながら国広を抜き、抜きざまに下段突きを繰りだす。

刃は地面と水平に奔り、ずざっと肉を剔りとった。

つぎの瞬間、四尺の太刀風が猛然と脳天に襲いかかってくる。

「ぬおっ」

これを顳顬《こめかみ》一寸の差で躱すや、権左の巨体がのめるように倒れていった。

「……うぬ、ぐぐ」

うずくまったまま、化け物は全身を震わせている。

八郎兵衛の翳《かざ》した刃の切っ先には、血だらけの睾丸が刺さっていた。

「権左よ、苦しいか。うぬに嬲《なぶ》られた者たちの苦しみ、存分に味わうがよい」

「……た、たのむ。ひとおもいに……ご、極楽浄土へ、おくってくれ」

権左は、亀のようにぬっと首を差しだした。

「ならば」

はっとばかりに地べたを蹴り、八郎兵衛は高々と宙に舞う。

「きぇ……っ」

腹の底から気合いを発し、大上段から白刃を振りおろす。

——ばすっ。

血が噴いた。

権左の首は薄皮一枚のこして斬られ、ゆっくり皮を伸ばしながら、ことりと土に落ちた。

十

大蛇の権左を仕留めて七日目になっても、伊吹屋与左衛門は戻ってこない。

そもそも、江戸を発《た》ったのかどうかさえ、はっきりしなかった。

娘のおそめは生気をとりもどし、奥の小部屋でぐっすり寝入っている。

眠ることが、今はいちばんの薬だった。

あれだけの恐怖を受けたのだ。心の傷は深く、そう簡単には癒《いや》されまい。

八郎兵衛は、おゆいに着物を新調してもらった。

丸坊主であることをのぞけば、侍らしくはなった。

このまま、なにもせずに五個荘を去っておれば、これほど格好の良いはなしはなかった。

だが、なにもせずに去るのは、あまりにも寂《さび》しい。侘《わび》しすぎた。

かといって、おゆいに正面切って「約束を果たせ」とも言えず、うじうじと伊吹屋に居座りつづけた。

七転八倒するおもいでいると、おゆいのほうから手を差しのべてくれた。

「お約束を果たさなあきまへん」

一糸纏わぬすがたとなったおゆいは、観音菩薩のように神々しかった。

八郎兵衛は罪深さを感じながらも、仏間で本懐を遂げたのだ。

そうやってまたひとつ、業を背負ってしまった。

ほんとうは見返りなど期待せず、おのれの命を投げだしたかった。

だが、そこまでの徳《とく》の高さは持ちあわせていない。

我欲に打ち克つほど、人間ができていなかった。

人を斬って女を抱き、酒を啖って酩酊する。

そして都合の良いときだけ、捨ててきた許嫁に呼びかける。

「京香、許してくれ」

寝惚け眸子で洩らした台詞を聞きつけ、おゆいが腕枕から頭を持ちあげた。

「だいじなおひとでおますか」

「許嫁だ。むかしのな」

「まあ」

「わしは最低の男だ。許嫁への未練を捨てきれぬくせに、こうして人の妻を抱いている」

「あきまへんのやろか」

「えっ」

「あてが身代わりになるのなら、何度でも抱いておくれやす」

恥じらうように微笑む顔が、庭に咲く芍薬《しゃくやく》をおもわせた。

「強いな」

女はひとたび男に身を許すや、逞《たくま》しい情婦に豹変する。

無論、おゆいに求められれば、何度でも抱いてやりたい。

この五個荘で安逸な日々を送るのも、悪くない生き方かもしれなかった。

だが、情を交わすのと、縛りつけられるのとはちがう。

三日もすれば、旅の空が恋しくなるのはわかっていた。

おゆいはすべてを承知しつつも、八郎兵衛の胸に頬を擦りつけてくる。

「ずっとな、ずっとおんなはれ」

「ここにか」

「うふふ、仏間に閉じこめてやりまひょ」

「そうもいかぬ。与左衛門どのが戻ってくる」

「すぐに江戸へ戻らはれます」

「間男《まおとこ》のようだな」

「だったら、もろうてくれはりますか」

「えっ」

「あてを奪って、逃げてくれはりますか」

真剣な眼差しを向けられ、八郎兵衛はたじろいだ。

「ほほほ、嘘どす。困ったお顔が可愛いなあ」

「戯《ざ》れるなよ」

けっして、戯れたのではあるまい。

それがわかっただけに、八郎兵衛の胸は疼いた。

おゆいはそそくさと起きだし、素早く着物を身に纏う。

三筋縞《みすじじま》の帯をきゅっと締め、後ろもみずに問うてきた。

「五個荘を去りはりますのんか」

「ああ」

「どちらへ」

「北国街道を北へ向かう」

「なんでどすの。誰ぞお捜しに」

「いいや、気儘《きまま》な旅をつづけてみたいだけさ」

「気儘な旅どすか。ええなあ、あてもしてみたい」

おゆいの溜息を聞きながら、八郎兵衛はむっくり起きる。

「そうだ、おもいだした」

旅に出るまえに、やっておかねばならぬことがあった。

「なんどすの」

「おぬしには関わりのないことさ」

八郎兵衛は、気が変わらぬうちに伊吹屋を去ろうとおもった。

明日になればまた、おゆいが恋しくなるにきまっている。

そうなるまえにやるべきことを済ませ、鳥居本から北国街道を北へ進まねばならない。

人をひとり、斬ってすてるのだ。

獲物は、信楽にいる。

三日月顎の岡野平助。

どこにでもいるような小役人だ。

八郎兵衛の腕前なら、仕損じることはあるまい。

悪事の身についた不浄役人を殺め、何食わぬ顔で旅路をたどる。

それが修羅の道であろうとも、行きつく果てまで行かねばならぬ。

「鉢もらひの樹下石上、頬を撫でるは初夏の風、道に迷うてはぐれてころび、屑《くず》と化しても生きていく。生きて生きて生きぬいて、路傍《ろぼう》の苔《こけ》となりゆかん」

経のように口ずさむのは、障子紙に下手な字でしたためた詩歌だ。

翌早朝、八郎兵衛は伊吹屋をあとにした。
まっすぐに延びる船板塀に沿って、堀割の清流が静かに流れている。
咳《せき》払いさえ憚られる静謐さのなかに、整然とした町並みはつづいていた。
卯の花はすでに散ってしまったが、花鯉は悠々と清流を泳いでいる。
いつかまた、この地を訪れてみたい。
「……おゆい」
八郎兵衛は、名残惜《なごり》しげに吐きすてた。

鯖江《さばえ》の殺し

一

茹《う》だるような暑さだ。動くのも辛い。

懐中も寂しくなってきた。そろそろ、重い腰をあげねばなるまい。

彦根の鳥居本から北国街道をたどり、近江国の長浜、木之本、椿坂、中河内、さらに栃ノ木峠を越えて越前国にはいり、今庄《いまじょう》、湯尾、脇本と、伊坂八郎兵衛はふた月もかけて宿場を転々と渡りあるいた。

別段、なにをしたというわけでもない。気儘《きまま》な旅の途中で山奥の古刹を訪ね、日本海をみたくなって敦賀《つるが》湾へ向かい、道草を存分に楽しんだ。

髪も結えるほどまで伸び、すっかり浪人の風体にもどっている。

流れついたところは府中《ふちゅう》、越前国屈指の宿場町であった。

彦根と金沢を結ぶ北国街道加賀路は全道程で五十里余り、主な宿場だけでも三十一を数える。そのうち越前国の宿場は半数以上を占め、府中は中間のやや手前に位置していた。武生《たけふ》盆地の中央にあって水利に恵まれ、戦国乱世のころは一乗 谷《いちじょうだに》や北庄《きたのしょう》の城下町へ通じる要衝地でもあった。

棒鼻《ぼうばな》のみえる街道筋の安宿に草鞋を脱ぎ、すでに五日が経《た》った。

「あんた、よく飽きないねえ」

「なにが」

「そうやって二階の格子窓から、ずうっと往還を眺めてさ」

「疾うに飽きたわ」

おろくに水を向けられ、八郎兵衛は面倒臭そうにこたえた。

一糸も纏わぬからだに、汗をだらだら掻いている。

「汗を拭いたげる」

水を張った桶に手拭いを浸し、おろくは厳《いか》つい手でぎゅっと絞る。

細帯が解け、浴衣《ゆかた》のまえがはだけても、いっこうに気にしない。

瓜のような乳房を揺らし、せっせとからだを拭きはじめる。

宿場女郎なのだ。

往還で袖を引かれ、あれよというまに宿へ連れこまれた。

それから、ずっと離れずにいる。

「おまえさまは、ほんまに仁王さまのようやなあ」

一本に繋がった眉は隆として双眸《そうぼう》は炯々、口をへの字に曲げた面構えは、寺門を守護する吽形《うんぎょう》の力士像とみえなくもない。

おろくは八郎兵衛の裸をはじめてみたとき、漁師だとおもったらしい。

何人もの侍を相手にしてきたが、これほど隆々とした筋肉の持ち主に出逢ったことはないという。

「ちかごろのお侍は肋骨《あばら》の浮きでた痩せ浪人か、ぽてっとして頼りなげなお役人か、ふたつにひとつや。あんたみたいなお侍はめずらしい。ふふ、なんやら、離れられんようになりそうや」

「商売気抜きでつきあうか」

「そうは烏賊《いか》の睾丸《きんたま》や。男に情をうつしたら莫迦をみるのは女」

「ふん、ちゃっかりしておる」

「女ひとりで生きていこうおもうたら、頼りになるんは銭だけや」

おろくは濡れ手拭いで胸や腹を拭いてくれ、しなだれかかってくる。

面倒臭そうに払いのけると、むっとした顔で睨みつけてきた。

「あて、醜女《しこめ》やろ」

「そんなことはない」

「ほんなら、抱いて」

「勘弁しろ」

「やっぱり、醜女は嫌いなんや」

「ちがうと言うておろうが」

八郎兵衛は、本心からこたえる。

醜女とは黄泉国《よみのくに》に棲む鬼のことだ。男の精気を吸いつくし、だめにしてしまう女のことをいう。

おろくは、そんな女ではない。

宿場女郎に身を落とすまえは、海女《あま》だったらしい。

たしかに肉付きも良く、逞しいからだつきをしている。

ちょうどこの季節、越前海岸では雲丹《うに》が獲れる。御所にも献上される「御《おん》雲丹」と称される日本海の幸を、おろくは人並みはずれた潜水技を駆使して拾いあつめていた。

ところが、数年前の嵐で漁場が全滅の憂き目に遭ったおり、府中の宿場へ稼ぎにきて、そのまま岩海苔《いわのり》のように居着いてしまった。似かよった境遇の女は、少なくないという。

冬はほかほかと温かく、夏はひんやりとして気持ち良い。おろくは、そんなからだをしていた。気性は明るく、うじうじしたところが微塵《みじん》もない。八郎兵衛は気に入っている。

「あんたさ、誰ぞ捜しておんの」

「別に」

「嘘や。仇討《かたきう》ちの相手かなにかやろ」

「はは、ちがう。強いていえば、おなごかな」

「へえ、良いおひとがあったんか」

「そんなんじゃない。わしを騙したおなごさ」

「金をとられたん」

「もっとわるい。咎人《とがにん》にさせられ、三条河原に晒された」

「嘘やろ。そないなはなし、誰が信じる」

「まことさ。大塩平八郎が大坂で蜂起したとき、わしは後ろ手に縛られたまま棒杭を背負ってな、裸足で雪のうえを駈けておった。灰色に凍った鴨川《かもがわ》が三途《さんず》の川にみえたものさ」

「へえ、あんたも苦労したんやねえ」

どうしたわけか、他人の不幸を喋っているような不可思議な感覚にとらわれた。

摺針峠で大蛇の権左を退治したことでさえも、遠いむかしの出来事に感じられてならない。

もう真夏なのだ。蟬《せみ》が鳴いている。

「あ、そういえば」

おろくは、ぱんと手を打った。

「なんだ、驚かすな」

「府中でもな、女に騙された唐変木がおったわ。鯖江《さばえ》藩の御用達の次男坊でな、旅の女に入れあげたのが運の尽き」

裏で糸を操る男がいて、美人局《つつもたせ》に引っかかったのだと、おろくは笑う。

御用達商人は海産物問屋の天野屋《あまのや》金兵衛《きんべえ》、次男坊は苗字帯刀を赦された藩士で、川谷《かわたに》福之助《ふくのすけ》というらしい。

「ほう、商人の倅《せがれ》が侍に」

よくあるはなしだ。商人が穀潰《ごくつぶ》しの倅を落ちぶれた武家へ養子に出し、たんまりと持参金を払う。

藩のしかるべき役職に血縁が座れば、なにかと商売もやりやすい。

あるいは、本人が箔を付けたいがために身分を買うこともある。

侍の株はなかば公然と売買されていた。

「商人を侍にしちまうたあ、世も末だな」

「ほんまや」

「で、その唐変木はどうなった」

「福之助かい、有り金を巻きあげられたさ。けどね、仕掛けたほうの男と女はすぐに捕まった」

「捕り方にか」

「もっとわるい。蝮《まむし》の辰五郎《たつごろう》に捕まったのや。天野屋にひっついてる壁蝨《だに》のような連中でな、水落の宿場に一家を構えてる。府中から鯖江の街道筋は、辰五郎にとって庭のようなもんや。源信《げんしん》とかいう小悪党は、その日のうちに捕まったらしい」

「なに、源信と言うたな」

「そうや。なんでも役者くずれとかでな、坊主頭やけど、男ぶりはなかなかのものらしいわ」

「女の名は」

「おしずとかいったねえ」

「狐目ではなかったか、その女」

「さあ、そこまでは知らん」

八郎兵衛は身を乗りだす。

「どうなった、そのふたり」

「男は辰五郎一家の水牢《みずろう》に入れられた。すぐには殺さないんやろうね、きっと」

「女は」

「とびきりの上玉《じょうだま》らしゅうてな、辰五郎のやつに囲われたのやて。間夫が水牢に入れられておんのに、夜毎《よごと》、女のほうはどすけべ爺《じじい》にいたぶられておる。これがほんまの蛇《へび》の生殺《なまごろ》しや」

八郎兵衛は眸子《まなこ》を怒らせ、執拗《しつよう》に糾す。

「おろく、ふたりが捕まったのはいつだ」

「あんたが宿場にやってきたほんの少しまえや」

「くそっ、それをはやくいえ。五日も無駄飯を食らったではないか」

「おや、どういうこと」

「まあよい。怒るな」

膨れるおろくを、八郎兵衛はなだめた。

「水落はたしか、ふたつさきの宿場だな」

「そうや……あんたまさか、辰五郎のところへ殴りこむつもりかい。もしや、さがしてはる女いうんは、おしずやないやろうね」

「さあ、どうかな」

とぼけながらも、八郎兵衛は褌《ふんどし》を締めはじめる。

妙に頭が冴えていた。

片えくぼをつくって笑う葛葉の顔が浮かんでは消え、消えては浮かんだ。

二

京は島原の遊廓で、葛葉と名乗る端女郎を買った。

二度目に妓楼を訪れたとき、したたかに酔わされ、頭まで蒼々と剃られたあげく、情けないすがたで京都町奉行所の捕り方に捕縛されてしまった。

女犯《にょぼん》の罪で三日間晒しのうえ、所払いの沙汰を受けた。

罠《わな》に塡《は》められたのだ。

三条河原で頓死《とんし》した狢顔《むじながお》の住職によれば、葛葉は玉入れの女狐にほぼまちがいなかった。

要は、お上の密偵《いぬ》だ。

阿漕《あこぎ》な商売をつづける忘八一味を一網打尽にすべく、妓楼への潜入を強要された女であった。

ところが、葛葉は忘八の片腕と称する男に懸想した。

源信、またの名を梅若と称する小悪党のことだ。

お上を裏切ってでも、葛葉は優男を救いたいとおもった。

そして、男と遁走をはかるために、八郎兵衛を囮《おとり》につかった。

悪党に惚れるのは勝手だが、貧乏籤《くじ》を引かされたほうはたまったものではない。

地の果てまでも追いかけ、女も男も斬らねばなるまいと、八郎兵衛はおもった。

だが、旅をかさねるうちに、刺々しい気持ちは消えていった。

復讐心に駆られての旅ではなく、風の噂に耳をかたむけながら、なんとはなしに旅をつづけ、北国街道を歩んできたにすぎない。

生得《しょうとく》の勘がはたらき、府中のあたりが臭いと感じた。

小悪党がひと稼ぎするには恰好の宿場だと察したからだ。

「図星であったな」

梅若は女をつかって美人局をもくろんだ。

府中で路銀を稼ぎ、金沢経由で北国街道を越中国へ、さらには越後国へと逃れるつもりだったのか。

おしずという女が葛葉かどうかの確証はない。

葛葉だったとしても、再会してどうなるのか見当もつかぬ。

斬るのか、逃がすのか、その場になってみなければわからない。

ともあれ、いまいちど疫病神《やくびょうがみ》に逢い、罠に塡めた理由を問うてみたい。

逢いたいという一念が、八郎兵衛の足を鯖江の宿場町へとむかわせた。

「蟬しぐれか」

編笠をかたむけ、街道脇の木立を仰ぐ。

強烈な西陽に双眸を射ぬかれ、八郎兵衛の足が止まった。

鯖江は間部《まなべ》家の統治する大名領地だ。府中と北庄に挟まれている。

北からは結城秀康《ゆうきひでやす》（家康《いえやす》第二子、秀吉《ひでよし》養子）を祖とする福井松平《まつだいら》家三十二万石の威勢に圧倒された恰好だが、それでも石高は堂々の四万石を誇り、上鯖江、水落、浅水と主な宿場町だけでも三つある。

八郎兵衛は、水落の宿場を手前にしていた。

ここから街道を逸れて五里ほど西へ行けば、越前岬へ達する。

日本海の青海原を脳裏に浮かべていると、潮の香りが漂ってきた。

突如、蟬の合唱が歇む。

「きゃあああ」

帛《きぬ》を裂くような悲鳴が響いた。

身を乗りだし、目を皿のようにする。

彼方《かなた》に陽炎《かげろう》が揺れていた。

男たちが女を擈り、担ぎあげようとしている。

ゆるやかな坂の頂上だ。
すわっ。
八郎兵衛は駈けだした。
一気に坂を駈けのぼる。
旅人の影がちらほらみえた。
「うえっ、ひとが死んでる。追いはぎじゃ、追いはぎじゃぞ」
行李《こうり》を振りわけに担いだ男が、必死の形相で叫んでいた。
その脇で、瞽女《ごぜ》装束の老婆が腰を抜かしている。
道端には破れた市女笠《いちめがさ》と金剛杖《こんごうづえ》、それから商人風の男が俯《うつぶ》せで倒れていた。
「あ、お侍さま、このひとの女房がさらわれた、藪《やぶ》のなかへ連れこまれた」
なんとかしてくれとでも言わんばかりに、行李の男は八郎兵衛を拝む。
とりあえず、道端に倒れた男に声を掛けた。
「おい」
呼んでも起きない。
転がして仰向けにすると、無惨にも男の顔は粉々に砕かれていた。
棍棒かなにかで撲殺されたのだ。
まったく、鬼畜《きちく》の所業以外のなにものでもない。

「ぎゃあああ」
またもや、女の悲鳴が響いた。
「南無阿弥陀仏、南無阿弥陀仏……」
道端に座りこんだ老婆が、経を唱えはじめる。
八郎兵衛は編笠をはぐりとり、藪のなかへ踏みこんだ。
藪は深い。
乾涸らびた枝が臑《すね》に絡みついてくる。
蝮《まむし》の尻尾《しっぽ》を踏んづけた。
「うっ」
蝮は鎌首をもたげ、飛びかかってくる。
白刃一閃、びしゃっと血が飛びちった。
頭だけになった蝮が臑に浅く歯を立てる。
刃を黒鞘に納め、かまわずに進んでいった。
汗の滲んだ着流しに、葉洩れ陽が斑《まだら》模様をつくる。
藪を抜けると、正面の空き地に三人の男が立っていた。
食いつめた浪人どもだ。
ひとりが双眸をぎらつかせ、女に挑みかかっている。

別のひとりはそわそわした様子で順番を待ち、もうひとりは事を遂げたのか木の根元に座り、惚けた面で煙管《キセル》を喫《ふ》かしていた。

「女、脚をひらけ、ようし。お、洩らすんじゃねえぞ」

土で汚れた白い腿《もも》が生々しい。

半裸の女は仰臥《ぎようが》したまま、虚空を睨みつけている。

元結《もつと》いは解け、朱唇は半開きで弛緩している。

すでに、心は死んでしまったのか。

「おうら、泣け、喚け」

刹那、女はぐっと妙な音を発した。

「くそっ、舌を嚙みきりやがった」

助けようとおもえば、助けられたかもしれない。

だが、八郎兵衛は躊躇した。

たとえ命を拾っても、これからさき、どうやって生きていけばよい。

旦那を撲殺され、身も穢《けが》された。

女には生き地獄が待っている。

ならば、この場で死なせてやるのも情けというものではないか。

そんなふうに考え、つい、声を掛けそびれた。

怨《うら》まんでくれよと胸につぶやき、八郎兵衛は一歩踏みだす。

「おい、おまえら」

三人の山狗が一斉に振りむいた。

「な、なんじゃ、おぬしは」

煙管の男が腰をあげ、のっそり近づいてくる。

右手に握った煙管は鉄製で、人を殺める凶器にもなる。

撲殺した張本人であろう。

腰の刀を抜こうともせずに、鼻先まで迫ってくる。

「なんか用か。分け前はもうねえぞ、きひひ」

野卑に笑う男の背後へ、仲間のふたりが寄せてきた。

小汚い山狗どもが、ぷんぷん悪臭を放っている。

「図体がでかいのう。なれど、おぬしはひとりじゃ」

「それがどうした」

「こっちは三人。みな、腕前には自信がある」

「ひとつ訊きたい」

「なんじゃ、一本眉」

「おぬしらは悪党よな」

「はあ」

「箸にも棒にもかからぬ屑よな」

八郎兵衛は念を押し、しゅっと抜刀する。

男の臍《へそ》を摺付《すりつ》けに斬り、刃を鞘に納めた。

「あれ」

斬られた男もふくめて、三人が三人とも情況を把握できない。

居合技で抜かれた刀の太刀筋が、まったくみえていないのだ。

男の手から煙管がころげおちた。

つづいて、胴が斜めにずりおちてゆく。

「ひっ」

喉を引きつらせたのは、さきほど女を犯していた男だ。

後じさりする男の胸を、雁金《かりがね》に薙いでやる。

「のげっ」

心ノ臓が破れ、びゅっと血が噴きだす。

さらに、三人目も斬る。

太刀筋がみえたのか、男は刀を抜こうとする。

抜きながら断末魔の喚きをあげ、血煙のなかに倒れていった。

三人目の男は脳天を割かれていた。

立身流居合の豪撃だ。

豪壮無比な荒技にほかならない。

素早く血を振り、堀川国広を黒鞘に納める。

鳶《とんび》が悪臭を嗅ぎつけ、上空を旋回しはじめた。

八郎兵衛は女の遺体に近づき、うえから覗きこむ。

女は眸子を瞠《みは》っていた。

怨みのこもった目だ。

旅装束から推すと、伊勢へのお陰詣《かげまい》りに向かう途中であったやもしれぬ。

この日のためにせっせと銭を貯め、夫婦水入らずの旅路に就いたさなか、ささやかな幸せを奪われたのだ。女の魂はこの世に怨みをのこしたまま、三途の川を渡ることができずにいる。

八郎兵衛は遺骸の瞼《まぶた》を閉じてやり、衣をなおすと肩に担ぎあげた。

踵《きびす》を返し、藪のなかへ分けいってゆく。

蝿がたかってきた。

遺骸を担いで歩むのは、金輪際、ごめんこうむりたい。

往還へもどると男の遺体は片づけられ、行李の男も瞽女装束の老婆も居なくなっていた。

裾を端折った荒くれ風の若衆たちが五人、緊張の面持ちで待ちかまえている。

「旦那、女の仏をどうなさるね」

耳朶《みみたぶ》から口端まで刀傷のある男が、残忍な笑みを浮かべてみせる。

「おまえらはなんだ」

「旦那はご存じねえでしょうが、このあたりを仕切る辰五郎一家のもんでさ」

「ほう、鯖江藩の領内ってのは、やくざが仕切ってんのか。だったら、この女を手厚く葬ってやれ。旅人を成仏させてやるのも、おまえらのだいじな役目だろう」

「へい」

刀傷の男は顎をしゃくり、手下らしき若衆たちに遺体を引きとらせた。

「旦那、あの三人を殺ったんですかい」

「あの三人」

「へい、ありゃ吉蔵《よしぞう》一家の用心棒でさあ。相当に腕が立つって評判でね、そいつらを旦那はひとりで始末しちまった。いかがです、うちに草鞋を脱ぐ気はありやせんか」

渡りに船とはこのことだが、八郎兵衛はわざと渋ってみせる。

「わしは高いぞ」

「そうでしょうとも。なにはともあれ、うちの親分に会ってやってくださいな」

「会うだけなら、まあよいか」

「へい、おねげえしやす。おい、てめえら、親分のとこへすっとんでけ。凄腕のお客人がおでましになるとな、親分にきっちり伝えるんだぜ」

男は、仙吉《せんきち》と名乗った。

まだ若いが、油断のならない男だ。

こうした連中は、痩せ浪人よりも始末にわるい。

徒党を組み、蠅のようにうるさく、どこまでも執拗につきまとってくる。

「旦那、それ」

仙吉は笑いながら、八郎兵衛の鬜を指差した。

蝮のあたまが歯を立てたまま、しぶとく毛鬜にぶらさがっている。

「へへ、蝮も毒気を抜きとられたらしいぜ、ねえ旦那」

「そのようだな」

八郎兵衛は蝮のあたまを毟《むし》りとると、仙吉の背につづいて坂道をくだった。

三

土地のやくざには二種類ある。

義侠《ぎきょうしん》心に富んだ善玉か、虎の威を借る悪玉か、ふたつにひとつしかないと八郎兵衛はおもっている。

蝮の辰五郎は、あきらかに後者だった。

でっぷり肥えた腹、鬢付け油でてからせた頭髪、蝦蟇《がま》のごとき醜悪な顔に三白眼の眼差し、好色そうな太い鼻に薄笑いを浮かべた口許《くちもと》、外見をみればすぐにそれとわかる。

強い相手には媚びを売り、弱い者はいじめぬく。さまざまな利害の絡む土地で幅を利かせているのは、たいていこの手の悪党だ。

八郎兵衛は仙吉に導かれ、陣屋とも見紛うばかりの豪奢な屋敷の敷居をまたいだ。

「ほう、これはこれは、頼もしい風貌であられますなあ。へえ、あっしが辰五郎ですわ。さ、どうぞ、ご遠慮なさらずにおあがりなされ」

存外に腰が低い。かとおもえば、はったりで居直ってみせる度胸もある。

小才が利くので、金蔓《かねづる》はきっちり握っている。

金蔓とは天野屋金兵衛のことだ。

天野屋は海産物を商う問屋仲間のなかでも、肝煎りを任されているほどのたいそうな羽振りらしい。御用商人の御墨付きも手にし、鯖江藩とは深い結びつきを保っている。

商いの都合上、気性の荒い海の男たちの出入りなども多く、周囲に喧嘩や揉め事が絶えない。そうした際に、任侠の看板を掲げた気の荒い連中が出ばってくる。ときには、商売敵《がたき》を潰すための急先鋒として使われたりもする。

天野屋と辰五郎一家は、もちつもたれつの関わりをつづけているようだ。そうであるかぎり、金兵衛も辰五郎同様、かなりの悪党にまちがいない。

八郎兵衛は、奥座敷へとおされた。

辰五郎は床の間を背にして座り、仙吉に濁声《だみごえ》で指示を出す。

「おちょうを呼べ」

「へい」

仙吉は消え、すぐに、おちょうがやってきた。

若い娘だ。容色は艶やかで、四肢は長い。

着こなしがしっくりみえないのは、腰の位置が高すぎるせいだろう。

小粋な縞の着物から白い首がすっと伸び、卵形の顔が初々しく微笑んでいる。

化粧は薄いほうだ。眉を下がり気味に描き、切れ長のきつい目の印象を和らげている。鼻筋はとおり、朱唇はやや受け口加減で、そのあたりがじつに絶妙な均衡をみせながら艶《なま》めかしい容色を際立たせていた。

齢は十七、八であろうか。

女房にしては若い。

「女房でござんすよ」

すかさず辰五郎は言い、勝ち誇ったように笑う。

悋気《りんき》を感じた。

世の中は不公平だ。悪党の側には美しい女がいる。善人は悪女に騙される。獣の臭気を放つ人斬りの相手は零落した遊女か、閉居した後家くらいのものだ。

おちょうは丸盆に切った西瓜《すいか》を載せ、胡座を掻く八郎兵衛の膝もとへ差しだした。

「どうぞ、甘うございますよ」

濁りのない透きとおった声だ。

八郎兵衛は西瓜を手にとり、遠慮会釈《えしゃく》もなしにかぶりついた。

じゅるっと汁が垂れ、襟を汚す。

「こいつは美味いな」

西瓜などという代物は、めったに口にすることもない。

種を呑みこみ、皮まで囓《かじ》りかけると、おちょうは腹を抱えて笑った。

こほっと、辰五郎が咳払いをする。

おちょうはすっと身を寄せ、高価そうな煙管を用意した。

辰五郎は吸いつけてもらった煙管を満足げに咥《くわ》え、煙草盆の縁で雁首《がんくび》を叩いてみせる。

「さて、まずはご姓名をお聞かせねがいましょうか」

偉そうな野郎だなと、あらためておもう。

「伊坂八郎兵衛」

ぶっきらぼうに応じてやった。

「伊坂さまですか、ご出身は」

「江戸だ」

「ほう。将軍さまのお膝もとで、なにをしておられた」

「まるで、尋問だな」

「こいつはどうも。高《たけ》え代金で雇うからには、ある程度の氏素性は知っておかなきゃならねえんで。ま、そこんところを汲んでおくんなさいましよ」

用心棒にも面接がある。世知辛い世の中だ。

「語るほどの素性はない。強いていえば、傘張りの内職をしておった。それから、鳥《とり》籠《かご》なんぞもつくったことがあったな。灯明にする蠟涙《ろうるい》も集めてまわったし、楊枝《ようじ》も削った。ただの食いつめ浪人さ」

「そうですかい。ま、そういうことにしときましょう」

「やけにこだわるな」

「隠密だと困るんでね」

「隠密」

くくと、八郎兵衛は笑った。

「なんぞ、わるさでもしておるのか」

「あはは、おもろいお方や」

「で、用心棒代はいくら払う」

「前金で五両ってのはどうです」

「前金とは」

「やってほしいことがあるので」

「なんだ」

「ただ飯を食らって蜷局《とぐろ》を巻いてるだけじゃ、用心棒なんざ不要なんでさ。吉蔵の野郎を斬ってもらいてえので」

「女房のまえでよく言えるな」

「へへ、こいつは氷みてえな女でしてね、人がどれだけ死のうが平気なんですよ。な、おちょう、そうだろう」

おちょうは返事をするかわりに、凄艶《せいえん》な笑みを浮かべてみせる。

蝮という異名は辰五郎のものではなく、おちょうのものではなかろうかと、八郎兵衛はおもった。

「吉蔵ってのは、あんたと張りあっておるやつか」

「張りあうってほどのもんじゃねえが、ここんところ幅を利かせはじめた野郎でしてね。もとはといやあ半端者の成りあがりなんだが、天野屋さんにまでちょっかいを出すんで困っておるんですわ」

「天野屋の依頼か」

「さあて、そいつあ聞かねえほうがいい。事がうまくはこべば五十両出しましょう。いかがです。ただの食いつめ浪人なら、断る理由はねえはずだが」

「いつまでにやればよい」

「そりゃあ、早いに越したことはねえ」

「わかった」

あっさりと請負い、前金の五両を懐中へねじこむ。

「ようし、おちょう、酒を用意しろ。今宵は酒盛りや。盛大にやるで」

おちょうは消えた。

棘のある眼差しが気になった。

おしずという女は、邸のどこかにいるのだろうか。

梅若の閉じこめられた水牢は、いったいどこにあるのだろう。

宴の支度ができるのを待って、八郎兵衛は二十畳もある座敷へ向かった。

四

宴は延々とつづき、八郎兵衛は注がれるままに酒を呑みつづけた。

隣に座る辰五郎も蟒蛇《うわばみ》のように酒を呑み、顔を真っ赤に染めている。

仙吉をはじめ乾分たちも集まり、順番に酌をしにやってくる。

辰五郎と吉蔵の仲は、おもった以上に根深いらしい。

吉蔵一家を潰せ、ぶっつぶせと、乾分どもはそこらじゅうで怪気炎《かいきえん》をあげていた。

そうした連中を、ひとりの浪人者がにこやかに眺めている。

「楠木《くすのき》正信《まさのぶ》と申す」

ごたいそうな名前の薄汚い髭男は、先客の用心棒であった。

ひと月ほどまえから、この邸に蜷局《とぐろ》を巻いているらしい。

はかばかしい働きもしていないので、力量のほどは誰も知らない。ただ、本人の申すところによれば、江戸の神田はお玉が池の道場で大目録の免状をあたえられたほどの腕前であるという。

お玉が池の道場といえば、千葉周作の玄武館にほかならない。

八郎兵衛も知らないところではなかった。北辰一刀流の開祖千葉周作と申しあいをおこない、三本のうちの一本をとった。

——立身流の豪撃とは、げに空恐ろしき剣技なり。

と、千葉に言わしめた逸話をもっている。

八郎兵衛の記憶に「楠木正信」という姓名は登場しない。

詐称《さしょう》であろう。旅先ではよくあることだ。

人が良さそうなので、追及するのはやめてやった。

宴もおひらきとなり、ふたりはあてがわれた別室でまた呑みはじめた。

「貴公、酒鬼《しゅき》じゃのう。わしはもうだめだ」

弱音を吐きつつも、楠木はどこまでもつきあう。

辰五郎一家の内情を訊きだそうと、八郎兵衛は酌をつづけた。

「伊坂どの、おぬしのおかげでようやく二対一になり申した」

「二対一とは」

「用心棒の数でござるよ。今日までは一対四でな、肩身の狭いおもいをしておった。それが一挙に三人も冥土《めいど》へ、貴公のおかげじゃ。乾分の数は五分と五分、悪党加減も五分と五分、辰五郎と吉蔵はがっぷり張りあってござってな。しかも、双方の金蔓の天野屋と岩田屋《いわたや》がまた、犬猿の商売敵ときてる」

「おなじ海産物を扱う御用達にござるよ。藩の木っ端《こば》役人相手に、競いあって賄賂をばらまいておる。膿《うみ》じゃな、やつらは」

「岩田屋ねえ」

「なるほど」

「ゆえに、目糞と鼻糞が張りあっておるようなものでな。用心棒の頭数だけが、まあ、唯一のちがいでござった」

「それが二対一に転じ、辰五郎一家は盛りあがっているというわけか。とんだ茶番につきあわされたな」

ぐびっと呷る。

盃は捨て、ぐい呑みに換わっている。

酒は好きなだけ呑める。それだけでも、草鞋を脱いだ価値はあるというものだ。

「伊坂どの、浮かれてばかりもおられぬぞ。敵方の用心棒でな、残ったひとりというのが難敵なのじゃ」

「ほほう」

「小暮十四郎《こぐれじゅうしろう》なる剣客でござる。とある小藩の馬廻《うままわ》り役を仰せつかっていたほどの御仁でな、柳剛流《りゅうごうりゅう》の使い手であるとか」

「柳剛流といえば、臑斬りか」

「さよう、実戦を重んじる戦場介者剣《せんじょうかいしゃけん》」

「で、楠木どのは小暮某と立ちあわれたのか」

「いちど、すれちがい申した。いま一歩で抜くところであったが、自重しましてな」

「なぜ」

「斬る理由がなかったもので」

「はは、おもしろい。用心棒の台詞とはおもえぬ」

「情況がいささか異なってござった」

「どのように」

「ほんの数日前まで、吉蔵を斬ろうなどという気運は毛ほどもなかったのでござるよ。ところが、おしずという女のせいで一変しくさった」

「ん」

それこそ、この間抜け侍の口から訊きだしたかったことだ。

八郎兵衛は酔ったふりを装いつつ、慎重に耳をかたむける。

「おしずという女は魔物での、辰五郎の気持ちを蕩《とろ》かしてしもうた」

「その噂なら、府中の宿場で小耳にしたぞ。たしか、天野屋の倅が災難に見舞われたとか」

「おう、それそれ。穀潰しの倅は福之助といいましてな、家計の行きづまった川谷家の養子となり、鯖江藩の勘定方にまんまと納まったものの、そもそもが遊び人ゆえ、堅苦しい役所勤めには不向きな性分、憂さ晴らしに悪所通いをつづけておった。しかも藩内を避け、府中にまで足を延ばしておったところが」

「悪女に釣られたというわけか」

「さよう。府中の一件は上役にばれ、腹を切らされる寸前までいったとか。天野屋が賄賂をつかい、八方まるくおさめたのでござる。とまあ、そうしたごたつきのなか、福之助を騙した男と女が辰五郎に捕まえられた」

「男は源信、女はおしず。源信は水牢に入れられ、おしずは辰五郎の囲いものになった」

「そのとおり。ところが、でござる。吉蔵のやつがおしずを奪ってしまったのじゃ」

「え、吉蔵が」

「さよう」

楠木は腕組みで考えこむ。

「もしかしたら、おしずはみずから、吉蔵のもとへ走ったのやもしれぬ。そう疑われてもしかたないほど、巧みな逃げようでござったわ」

辰五郎は困りはてた。男を蕩かすほどの女を、存分に味わってもいないうちに憎き吉蔵に奪われたのだという。

「吉蔵からは、なにか」

「言ってきました。女を返してほしければ、千両払えと」

「払ったのか、辰五郎は」

「天野屋から借りうけましてな。泣く泣く払ったにもかかわらず、肝心の女は返ってこない」

「ほう」

「源信を水牢から解きはなつのが条件だと、吉蔵はこう言ってくる。たぶん、おしずが巧みにとりいったのでござろう」

源信は解きはなたれ、吉蔵のもとへ引きわたされる段取りとなった。

「源信と引きかえにおしずをわたす、という交換条件でござる」

事実なら、おしずは身を犠牲にしてでも、源信を救いたかったということになる。

惚れた男のためなら、どんなことでもやる女。

やはり、おしずは葛葉にまちがいないと、八郎兵衛は確信した。

呂律《ろれつ》はまわらなくなったが、楠木の喋りは止まらない。

「この引きわたしがまた、うまくいかず仕舞いでな」

「というと」

「先方は用心棒が四人、こっちは身共《みども》ひとり。引きわたす際に隙を衝かれ、辰五郎の乾分が三人も斬られた。そのうえ、源信までも奪われた。おしずも返ってこない。辰五郎は莫迦をみさせられ、地団駄を踏んで悔しがったという顛末《てんまつ》」

「それで、吉蔵を殺せと騒いでおったのか」

「さよう」

「しかし、わからぬ。乾分どもが斬られたとき、楠木どのはいかがされておった。千葉道場で免許皆伝の腕前なら、野良犬の四匹くらいは屁でもなかろう」

「ふむ、それが……突如として、さしこみに襲われましてな。お恥ずかしいはなし、肝心なときに野糞《のぐそ》をしておった」

「野糞か」

「よくぞ用心棒がつとまるとお笑いくだされ。身共は根っから殺生が嫌いでの、ただ居るだけの用心棒で済めばよいと、そう念じておった。さすがに辰五郎も愛想をつかした様子であったが、背に腹はかえられぬ。こんどこそはしっかり働いてほしいと、さきほども念を押されましてな。ともあれ、小暮十四郎は恐ろしい剣客にござる。なにしろ、水も洩らさぬ勢いで三人の乾分どもを斬ったのじゃからな」

なんだ、みていたのかともおもったが、口に出さずにおいた。

どうにも、はなしがややこしくなってきたようだ。

縺《もつ》れた糸を解きほぐすには、吉蔵に当たってみるのがてっとりばやい。

明日にでも訪ねてやるか。

八郎兵衛は袖のなかに手を入れ、俵目の刻印された小判を握りしめた。

五

吉蔵一家は宿場の西外れに、砦《とりで》のような邸を構えていた。

辰五郎一家とは東西の端と端で睨みあっている恰好だが、緊迫した空気を感じとったかのように町中を出歩く人の数はすくない。

吉蔵は、猪首《いくび》という異名で呼ばれていた。

異名のとおりで首がないに等しく、肉の垂れた顔が肩にめりこんでいる。

「似ておる」

悪党というものは似かよった顔をしていると、つくづくおもう。

吉蔵と辰五郎は目つきも、だぶついた体格も、そっくりだった。

一年後に出逢ったら判別はつくまい。

もちろん、それまで生きている保証はないのだが、世の中には必要悪というものがある。瘡蓋《かさぶた》を剥げば膿がわいてくるのと同じで、悪党はつぎからつぎにあらわれる。

辰五郎や吉蔵が瘡蓋の役割を果たしているというのなら、当面は生かしておく手もなくはない。

乾分どもがわんさとわき、邸の入口に溢れている。

猪首の吉蔵は、すでに八郎兵衛のことを知っていた。

「一本眉の侍《さむれ》えとは、おめえのことか。なんの用でえ。どの面さげてきやがった」

「こんな面だ」

「あんだとう。おちょくる気かあ」

「まあ待て。わしはまだ、どっちにも与《くみ》しておらぬ」

「ん、どういうこった」

「おたくの用心棒はわしが斬った。が、辰五郎に頼まれたわけではない」

「そいつあ、わかってる」

吉蔵の口調がやわらいだ。

すかさず、八郎兵衛は餌を投げかける。

「ほら、ここに五両ある。おたくが倍出すなら、鞍替《くらが》えしてもよい」

「鞍替えだと」

「ああ」

「十両か。よし、出そうじゃねえか」

「ちょっと待て」

「なんだよ」

「辰五郎によればな、この五両は前金らしい。おたくを斬ったら、あと五十両出してくれるそうだ」

「なに。あのすっとこどっこいが、んなことを抜かしたのか」

「どうする」

「五十両だな、いいだろう。おんなじ条件で受けてやらあ、あの糞蝮野郎をぶっ殺してくれい」

「そうはいかぬ」

八郎兵衛はすたすた近づき、抜きうちに刃を一閃させた。

誰もがみな、固まったまま動かない。

吉蔵の帯が、ぷつんと切れた。

着物のまえがだらしなくはだけ、縮みあがった睾丸があらわになる。

「うおっ」

遅れて、声が出た。

猪首に冷や汗が垂れ、肥えたからだが震えだす。

「おぬし、褌もつけておらんのか」

音もなく、八郎兵衛は刃を納めた。

吉蔵は顔面蒼白《そうはく》となり、物凄い勢いで放尿しはじめる。
乾分どもは呆気《あっけ》にとられ、親分が失禁する様子を眺めていた。
八郎兵衛の声が殷々《いんいん》と響く。
「条件は言ったはず。二倍だよ。辰五郎の首に百両、それなら鞍替えも考えよう」
「……わ、わかった」
吉蔵はうなだれ、乾分に抱えられて奥へさがった。
意気地のない野郎だ。
斬ってもよかったかなとおもう。
突如、殺気が立ちのぼった。
柳剛流、小暮十四郎か。
すがたはない。
気配は感じる。
襖《ふすま》一枚隔てても隠すことのできない殺気だ。
低く身構え、八郎兵衛は爪先に力を込めた。
「力を抜け」
重厚な声が響き、長身痩軀《そうく》の男があらわれた。
小暮だ。

丈はあるが、幅はない。

齢は三十代後半、鬢に白髪がみえる。

柔よく剛を制す。

流派の名と同様、ゆらりとした身のこなし。柳のような男だ。

ただし、双眸は獣のそれだった。

人斬りはみな、同じ目をしている。

「おぬし、居合を使うらしいな」

「死人に聞いたのか」

「いいや、この目で遺体をみたのさ」

「ほう」

「ひとりは脳天を割かれていた。そいつとは呑み仲間でな」

「仇討ちでもする気かね」

「ふっ、とんでもない。やつらは芥《ごみ》さ。わしには関わりない」

「それなら、あんたとも酒が呑めそうだ」

「さあて、どうかな。吉蔵親分は正気に戻っておらぬ。百両といえば大金よ、返答が変わるかもしれん」

「ならば、そこいらへんの酒場で呑みながら待とう。ちゃんとした返事をもってくるように伝えてくれ」

わずかな沈黙ののち、小暮は首肯《しゅこう》する。

「承知した。おぬしの姓名を訊いておこう」

「伊坂八郎兵衛」

「流派は」

「立身流」

「得手とするのは豪撃か。空恐ろしい技よの」

「あんたの臑斬りもな」

「ふっ、知っておったか」

「では、いずれまた」

踵を返し、敷居から外へ出る。

八郎兵衛は嫌な汗を掻いていた。

こんなことは経験したことがない。

「やつは本物だ」

褌を締めてかからねば、斬られるなと直感した。

六

居酒屋の縄暖簾をくぐると、頑固そうな親爺《おやじ》に睨みつけられた。

職人風の客がふたりで侘しげに酒を呑み、奥の小上がりでは衝立《ついたて》を隔てて役人風の月代頭と化粧の濃い女が乳繰《ちちく》りあっている。

「親爺、冷酒をくれ」

八郎兵衛は刀を鞘ごと抜き、乳繰りあう男女のみえぬ端の席に腰を下ろした。

職人風のふたりが腰をあげ、銭を置いてそそくさと出てゆく。

酒を注ぐ音と女の吐息がかさなりあい、窮屈な空気を感じた。

だが、このあたりに居酒屋は一軒しかない。

吉蔵の乾分も暖簾をくぐったところを確かめたはずだし、いまさら出ていくつもりはなかった。

皺顔の親爺が銚子を携えてくる。

とんと鼻先に置き、仏頂《ぶっちょう》面《づら》で去ろうとする。

「肴《さかな》もくれ。新香《しんこう》でよい」

「ねえよ」

「そうか。だったら、なにがある」

「酒のほかは、なんもねえ」

「親爺、意地悪すんな」

「用心棒に出す肴はねえ。一本呑んだら出てってくれ」

「けっ」

八郎兵衛は盃を呷り、とりあえず喉を潤した。

「親爺、わしはまだ用心棒ではないぞ」

「すぐに、なるんじゃろうが」

「吉蔵のやつに恨みでもあんのか。それとも、辰五郎のほうか」

「あんたに言っても、しかたねえ」

ふたりのやりとりを気にも掛けず、男と女は乳繰りあっている。

女の吐息は烈しくなり、男も低く呻きはじめた。

それでもわけありなのか、親爺は無視している。とことん愛想のない親爺だ。

「うっ、果てる、果てるぞ、お、おしず……」

男の声に反応し、八郎兵衛はがばっと立ちあがった。

大股で近づき、衝立を摑んで抛りなげる。

「わっ、な、なんだあ」

男は仰天してそっくりかえった。

八郎兵衛が怖い目で睨みつける。

「いま、おしずと申したな。おしずとは、その女のことか」

「へっ」

問いに応じたのは、白粉《おしろい》を壁のように塗った女のほうだ。

「あたしゃ、おしずなんかじゃないよ」

こたえなくともわかる。

小銭を払えば着物を脱ぐ飯盛女《めしもりおんな》だ。

「果てるときはいつもこうなのさ。このひと、おしずって口走るんだ。未練がましいったらありゃしないよ、ふん」

女は襟を直すと、下駄を鳴らして裏手へ消えた。

「さてと、少し話し相手になってくれ。わしは伊坂八郎兵衛。ひょっとして、おまえさんは」

「川谷福之助です」

「やはりな」

商人の倅に、役人の月代頭は似合わない。

羽織も刀も、福之助には不釣りあいな代物だ。

つるんとした餅肌《もちはだ》の若僧は、借りてきた猫のように脅えている。

「おまえさん、藩の勘定方なんだってな」

「は、はい」

「昼間っから、こんなところで油を売っててもよいのか」

「わたしなんて、ただのお飾りです。朝の五つに陣屋へ顔を出し、夕の七つに戻っておれば、誰も文句は申しません」

「親の臑を嚙《かじ》りつくし、その齢まで甘えておるとはな」

「いけませんか。商人の次男坊なんて、こんなもんです」

「わしには、おまえさんがとんでもない阿呆にみえるがな」

「なんとでも仰ってください」

「まあよい、ふてくされるな。ところで、おしずのことだが、人相風体を教えてほしい。臈長《ろうた》けた感じの、狐目の女ではなかったか」

「そうですよ。あれは男をだめにする女です。だめな男はもっとだめになる。騙されるのがわかっていても、それでもいいって気になる。そんな女です、おしずってのはね」

「おまえさん、わかっていて騙されたと」

「ええ」

「なぜ」

「とことん、だめになりたかったから」

八郎兵衛は、ほっと溜息を吐いた。

なんとなく、わかるような気もする。

実父の天野屋金兵衛にとって、福之助はただの商売道具にすぎなかった。

今もそうだし、ずっとこのままだろう。

福之助という名のとおり、商売に福をもたらすための人身御供《ひとみごくう》にほかならず、おのれでもそれがわかっているだけに、寂しいおもいを不埒《ふらち》な行為で紛らわすしかないのだ。

「あのふたり、うまく遁げおおせてくれたらよかったものを。辰五郎のやつは余計なことをしてくれました。そのうえ、おしずを囲うなんて」

「だったら、父親に泣きつく手もあったろう」

「無理です。聞いてくれるはずもありません」

「あきらめがはやいな」

「そんな自分が嫌になります」

「打つ手も考えつかず、居酒屋に入り浸っておるわけか。ここなら吉蔵一家の様子も窺うことができそうだ」

窺ったところで、なにができるというわけではない。

しゅんとする福之助に、八郎兵衛は同情を抱いた。

考えてみれば、おなじ女に騙された男同士だ。

そこへ、仏頂面の親爺が銚子をはこんできた。

肴もちゃんとある。

「あんた、もう一本呑むんだろう」

「ほっ、どういう風の吹きまわしだ」

親爺はなにもいわず、奥へ消えていく。

かわりに、福之助が応じた。

「あの親爺さんは吾平《ごへい》といい、天野屋の番頭でした。些細《ささい》なことで金兵衛の勘気《かんき》をこうむり、放りだされたのです。小さいころから、可愛がってもらいました」

「なるほど、そういうことか」

「さきほどの女はおしまといって、幼なじみです。すぐそこの桶屋の娘でしたが、三年前に双親《ふたおや》が首を縊《くく》って死にました。父親が博打《ばくち》に狂い、とんでもない借金をつくってしまって」

「あげくのはてに釣瓶《つるべ》心中たあ、悲惨なはなしだな」

「残されたおしまは妹とふたり、路頭に迷いました。それを救ったのが辰五郎です。

ところが、このはなしには裏があった。桶屋に金を貸していたのも、辰五郎でした」

「まさか、妹ってのは」

「おちょうです。姉のおしまは岡場所へ売られましたが、縹緻良《きりょう》しのおちょうは辰五郎の囲いものになり、本人の才覚で女房におさまりました。こうした経緯を詳しく知っているのは、吾平どんだけです」

八郎兵衛は、深々と溜息を吐いた。

おちょうのみせた刺々しい眼差しの意味が、わかったような気もする。

「では、わたしはこれで」

福之助はぎこちなく刀を腰に差すと、遁げるように見世をあとにした。

八郎兵衛はどかっと座り、たてつづけに酒を呷る。

これほどまずい酒もない。

一刻余りも呑みつづけたが、いっこうに酔うことはできなかった。

七

五日経った。

空っ風が吹き、宿場は殺伐《さつばつ》としている。

八郎兵衛は、吾平の居酒屋に居座りつづけた。

親爺はかわらぬ仏頂面で、奥のひと間を貸してくれた。

何事かを期待しているようだ。

吉蔵と辰五郎の乾分が交互にやってきては、用心棒になってほしいと懇願した。

いつのまにか、親分の首代は三百両に跳ねあがっていた。

それだけの大金を払ってでも、相手の首が欲しいのだ。

吉蔵も辰五郎も意地になっている。

乾分の頭数は五分と五分、用心棒は一対一、均衡をくずす鍵は一本眉の素浪人が握っていた。

双方ともわかっている。

どうあっても八郎兵衛を抱きこもうと、必死なのだ。

「たのむよ旦那、このとおりだぜ」

顔の刀傷をひくつかせ、仙吉が土下座してみせた。

辰五郎の指示で、骨の折れる走り使いをやらされている。

もとはといえば自分が誘いこんだ。それもあって、必死なのだ。

「金がもっと欲しいんなら、親分に掛けあってみる。だからさ、頼むぜ。そろそろ態度を決めてくんねえと、おさまりがつかねえ」

「ふん、そうか。ならば、決めるかな」

「ほ、やっとその気になってくれたか」

「ただし、先方に断りを入れねばならぬ。仁義というやつだ。わかるな、おぬしらが後生大事にしておるものさ」

などと言いながら酒を呑み、のらりくらりとかわす。

そんな様子を、吾平がにんまりと眺めているのも知らず、仙吉は一家の苛立《いらだ》ちをまくしたてる。

「もう沸騰寸前さ。支度をととのえてよ、すぐにでもやりあう腹を決めてんだぜ。あとは旦那待ちなんだよ」

「わしが決めたら、どうなる」

「どうなるって、おっぱじめるのさ」

「なぐりこむのか」

「正面から堂々といきてえところだが、たぶん、そうはならねえ。街道筋で騒ぎたてりゃあ、間部のお殿さまに迷惑がかかる」

「殊勝な心懸けだな」

間部のお殿さまとは、詮勝《あきかつ》のことだ。

間部家といえば、将軍家宣《いえのぶ》と家継《いえつぐ》の二代にわたって仕え、新井《あらい》白石《はくせき》とともに正徳《しょうとく》の治をもたらした間部越前守《えちぜんのかみ》詮房《あきふさ》が想起される。詮房は八代将軍吉宗《よしむね》の登場で失脚の憂き目にあったが、間部家は世継ぎの詮言《あきとき》（詮房の実弟）をもって越後村上から鯖江に移封となった。

そのときが間部鯖江藩のはじまりで、今の詮勝は七代目にあたる。

間部家積年の念願であった城はまだ築かれておらず、鯖江には陣屋のみが築かれていた。

「一乗谷の原っぱで決闘になるだろうな。親分は果たし状を用意しなすった。旦那がうんといやあ、おいらが吉蔵んところへ飛びこんで、果たし状を叩きつけるって寸法さ」

「なるほど」

機は熟したなと、八郎兵衛はおもった。

気懸かりなのは、おしずのことだ。

女に逢うことが、本来の目途なのだ。

目途を果たすだけなら、吉蔵方に加勢すれば済む。

だが、福之助のはなしを聞いて気が変わった。

「どっちも潰してやる」

そう決めてからは、双方の苛立ちを煽る戦法に出た。

戦の駆け引きとおなじだ。

が、おしずのことは残る。

「どうにかして逢えぬものか」

最後の条件に出してみるのもよかろう。

「仙吉よ」

「ほい、なんでしょう」

「吉蔵の首を獲ったら、おしずはどうなる」

「どうなるって、あの女は死ぬしかねえよ。さんざ親分を虚仮《こけ》にした女狐だかんな」

「残念だな」

「どうして」

「おしずってのは、男を蕩《とろ》かすほど良いおなごなのだろう。そいつを死なすってのはもったいないはなしだ」

「おいおい、こんどは女かよ。旦那、たのむぜ。これ以上、無理は言いっこなしだ。おしずを助けるってことは、間夫の源信も助けなきゃならねえってことだ。源信が死ねば、おしずは舌を嚙みきるってほざいたからな。そいつだけはどうにも、腹の虫がおさまらねえ」

「おまえらには関わりあるまい。源信に嵌められたのは川谷福之助であろうが」

「美人局《つつもたせ》野郎なんざ、生きてる価値はねえんだ。な、わかってくれよ、旦那」

「だめだな。戻って辰五郎に伝えろ。おしずを殺すなとな。そいつが条件だ」

ぴしっと言いきり、八郎兵衛は酒を呷った。

なにを訊かれようが、口をへの字にして応じず、貝のように沈黙する。

仙吉は悪態を吐き、外へ飛びだしていった。

宵になり、別の乾分が文をもって訪れた。

意味ありげに笑い、乾分はすぐに居なくなる。

八郎兵衛は、顎をさすりながら文に目をとおした。

ちらっと吾平をみやり、眼差しを宙に泳がせた。

八

文には「稲荷屋《いなりや》の二階で待つ」と記されてあった。

差出人はおちょうだ。

たどたどしい筆跡は、どこか胸を打つものがある。

色仕掛けとわかっていながら、のこのこ出掛けていく気になった。

吾平も薄々は勘づいたことだろう。

場末にある茶屋の敷居をまたぐと、怪しげな老女が待っていた。

「おこしやす」

「ふむ」

「どうぞ、お刀を」

「預けろというのか」

老女は身じろぎもせず、返事もしない。

「耳が遠いのか」

八郎兵衛は大刀だけを抜き、老女に預けた。

「ほんなら、どうぞ」

脇差を差したまま、二階へあがる。

薄暗がりのなかに褥が敷かれ、有明行灯《あんどん》がぽっと点《つ》いている。

部屋は蒲団《ふとん》部屋のように狭く、淫靡《いんび》な雰囲気だった。

「よかった、きてくれて」

おちょうは紅色の襦袢《じゅばん》姿で、行灯の脇に立っている。

顔は蒼白で、幽霊のようだ。

「お刀を」

「ふむ」

脇差を預ける。

おちょうは膝をたたみ、足もとの刀架けに架けた。

「辰五郎に寄こされたとおもっているん。ちがうよ」

おのれの意志で呼んだのだと、みえすいた嘘を吐く。

髷に挿した銀簪が、きらりと光った。

「抱いてちょうだいな」

するっと、襦袢が抜けおちた。

おちょうは恥ずかしげに、両腕で乳房を隠す。

八郎兵衛は、裸体をみつめながら帯を解いた。

「きゃっ」

肩を摑み、引きよせる。

褥のうえに倒れこんだ。

「おねがい、優しくして」

棒のように仰臥《ぎようが》し、おちょうは目を閉じる。

わさりと乳房を摑み、優しく揉んでやった。

おちょうは目を瞑ったまま、低声《こごえ》で悶《もだ》える。

「……い、いや」

白い肌が上気し、汗ばんでいる。

八郎兵衛は、おちょうの口を吸った。

かちかちと、歯が鳴りだす。

肩を押さえたまま、身を離した。

「なにを怖れる」

おちょうの脅えた瞳が、すっと動いた。

刹那、何者かの殺気が階段を這いあがってくる。

殺気は膨らみ、獣の喚《おめ》きにかわった。

「覚悟せい、伊坂八郎兵衛」

八郎兵衛は振りむかない。

声でわかった。

楠木正信だ。

脇差に手が届かない。

「もらったぞ」

背中に刃が振りおろされる。

「ぎぇっ」

行灯の炎が揺れた。

しゅっと、鮮血がほとばしる。

楠木は眸子を瞠り、顎を突きだしている。

振りおろしたはずの刀は、上段に掲げられたままだ。

柄を握った両手首は、八郎兵衛の丸太のような左腕に阻まれている。

そして、喉仏には深々と、おちょうの銀簪が刺しこまれていた。

八郎兵衛は返り血を浴び、血達磨と化している。

真っ赤な顔のなかで、皓《しろ》い歯を剝きだした。

「免許皆伝は時期《じき》尚早《しょうそう》、修行が足りぬわ」

「かっ」

楠木は血のかたまりを吐き、どっと褥に倒れた。

おちょうは襦袢を引っつかみ、部屋の隅へ這っていく。

「敵にまわすくらいなら、消したほうがよい。そう踏んだわけか。姑息《こそく》な野郎だな、辰五郎ってのは」

おちょうは膝を抱え、凍えたように震えている。

人が斬られるのを、平気でみていられる女などいない。

八郎兵衛は着物を羽織り、刀架けから脇差を拾いあげた。

「目で教えてくれたのだな。おかげで命拾いをした。この借りはかえさねばならぬ」

「……そ、そんな」

「のぞみを言ってみろ」

おちょうは、意を決したように吐きだす。

「辰五郎の首」

発した途端、わっと泣きくずれた。

「承知した」

八郎兵衛は褥に屈み、楠木の喉から銀簪を抜きとる。

「こいつは貰っておこう。お守りだ」

「はい」

「案じるな。すぐに終わる。だが、それまでどこかに隠れておったほうがよい。あてはあるか」

「ござります。姉のところへ」

「さようか。ではな」

「……あ、あの」

「どうした」

「これきりですか」

涙目で訴える娘に笑いかけ、八郎兵衛はなにも言わずに背を向ける。

重い足取りで階段をおりると、大刀を抱えた老女が置物のように座っていた。

九

宴の舞台はととのった。

血の祝祭を煽りたてるように、蒼天には入道雲が隆起している。

一町の間合いを隔て、男たちは鬼のような形相で睨みあっていた。

百有余の荒くれどもが襷《たすき》掛けで尻を端折り、段平《だんびら》を手にして身構えているのだ。

刀傷の仙吉は死んだ。

吉蔵一家に出向いて辰五郎の果たし状を叩きつけ、無惨にもその場で嬲《なぶ》り殺されてしまった。

もはや、後戻りはできない。

双方は助っ人と刃物を掻きあつめて戦支度に身を固めるや、一乗谷の原に集まった。

蝮の辰五郎と猪首の吉蔵は床几《しょうぎ》に座し、合戦の差配をおこなう侍大将気取りだ。

吉蔵の脇には小暮十四郎がたたずみ、不気味な妖気を発していた。

灼熱の陽光が、男たちの横顔を焦がしつくしている。

夏草の簇生《そうせい》する平原はかつて、織田勢が攻めた古戦場でもあった。

信長は朝倉《あさくら》氏が五代にわたって居城を置いた一乗谷を陥落させ、そののち当地支配を任された重臣筆頭の柴田《しばた》勝家《かついえ》は小京都と称されたこの地を捨てた。城下町ごと、北庄へ拠を移すという断をくだしたのだ。

爾来《じらい》、一乗谷周辺の荒廃は著しい。土を掘ればおそらく、甲冑《かっちゅう》武者の屍骸がごろごろと露出するであろう。討ち死にした武士の怨念が、ここぞとばかりに覚醒するやもしれない。荒武者の魂魄《こんぱく》は男たちに憑依し、斬撃への飽くなき欲求を煽りたてるのだろうか。

「はあて、どっちが勝つか」

八郎兵衛は、ほくそ笑んだ。

ひとり余裕の表情で、灌木《かんぼく》の繁みに隠れている。

吾平に持たされた竹筒をかたむけ、事の成りゆきをみまもっている。

――くわあああ。

一乗谷の原に、凄まじい喊声《かんせい》が沸きあがった。

荒くれどもは段平を抜き、颪のように駈けていく。

ふたつの奔流は激突し、飛沫と弾け、渦潮となって平原を呑みこんでいった。

怒声と悲鳴、鋼のかさなる音、そして断末魔。鼓膜を破る喧噪が洪水となって溢れかえる。

敵も味方も判然とせず、鼻先を横切る影があれば刃を振り、誰も彼もが闇雲に斬りかかっていく。

「みておられん」

合戦絵巻に描かれたような光景を期待したのがまちがいだった。

所詮は雑魚《ざこ》の喧嘩なのだ。武士の戦い方ができる連中ではない。

平常《ふだん》から精神を鍛錬していないかぎり、死地にのぞんで腰の据わった動きなどできようはずもなかった。弱者を集団で嬲り殺すことは平気でも、一対一の真剣勝負ではまったく役に立たない半端者ばかりなのだ。

及び腰で刃をまじえ、段平の鍔《つば》と鍔を押しあう。

斬るというのではなく、力任せに叩きつける。

斬れ味の鋭い刃をつかう技倆《ぎりよう》もないので鋼は曲がり、刃こぼれもひどい。

ただひたすら喚きながら、走りまわっているようなものだ。

いっこうに勝負はつかない。

四半刻も走りまわれば、息はあがる。

ぜいぜいと狂犬のように荒い息を吐き、ひとりとしてまともに戦っている者はいない。

頃合いをみはからったように、小暮十四郎が刀を抜いた。

「おいでなすったな」
小暮は大股で進み、戦いの輪に踏みこむや、無造作にひとりを斬った。
おそらく、これが完全に斬られたひとり目であったにちがいない。
勘定ずくで、肩口から腕を斬りおとしたのだ。
腕をなくした男は地面をころげまわり、耳を塞《ふさ》ぎたくなるような声で泣きさけぶ。
突如、男たちは恐悸《きょうき》の坩堝に落とされた。
疲労が恐怖に拍車をかけ、金縛りにあったように動かなくなる。
そこへ、小暮は斬りこんだ。
獣は牙を剥き、雑魚の群れに襲いかかってゆく。
小暮が動くだけで血飛沫が舞い、阿鼻《あび》叫喚《きょうかん》が沸きあがる。
猪首の吉蔵は手を叩いてはしゃぎ、蝮の辰五郎は顎をわなわなと震わせた。
八郎兵衛は身を屈め、小暮の動きを目で追った。
できるだけ疲れさせておくにかぎる。
最初から尋常な勝負をするつもりはない。
すでに、小暮十四郎との勝負は始まっているのだ。
八郎兵衛の装束は一風変わっていた。
柿色の筒袖に同色の股引《ももひき》、手甲《てっこう》に脚絆《きゃはん》、黒鉄《くろがね》の頬当を装着し、鎖帷子《くさりかたびら》まで着込んでいる。

吾平に頼み、古道具屋で掻きあつめてもらった忍び装束にほかならない。

「そろそろだな」

竹筒を空にすると、八郎兵衛はざっと立ちあがった。

乱戦を横目にみながら、のんびりとした足取りで歩みだす。

めざすところは、吉蔵の陣地だ。

乾分どもが口々に叫び、騒ぎだす。

「あ、伊坂だ。一本眉の野郎がやってくるぞ」

吉蔵は床几から腰をあげ、おたおたしはじめる。

一方、小暮はとみれば、刀をだらりと車《しゃ》にさげ、じっとこちらを睨んでいる。

小暮との間合いは半町ちかく、駈けよせるのには躊躇する遠さだ。

「よう、加勢にきてやったぞ」

右手をひらりとあげ、八郎兵衛はずんずん近づく。

吉蔵は半笑いで応じつつ、自分なりに算盤を弾いている。

辰五郎の首を獲れば、三百両は手にできる。食いつめ浪人ならば、これほどのおいしいはなしを見逃す手はない。

さては欲に目がくらんだなと、そう考えているはずだ。

「あはは、来てくれたんか」

吉蔵は追従《ついしょう》笑いを浮かべた。

「あたりまえだ。辰五郎はわしを殺そうとした。小汚い手を使ってな」

「そ、そうだよな。おめえさんだって、糞蝮野郎にゃ恨みがあるってわけだ」

「小暮十四郎が辰五郎を殺ったら、わしの取り分はどうなる」

「約定どおり、辰五郎の首には三百両払う。あとは小暮先生とうまく相談してくれ。な、いいだろう」

「わかった。そうしよう」

「へへ、納得してくれたかい」

八郎兵衛は踵をかえすとみせかけ、刃を鞘走らせた。

「い、痛《いた》っ」

声を発したとき、すでに猪首の吉蔵は袈裟懸けに斬りおろされ、肥えた胴が斜めにずりおちるところだった。

間髪入れず、側に控える乾分どもを三人、いずれも一撃で斬りすてる。

「ひぇっ、うわあぁ」

周囲に残った連中は騒然となり、蜘蛛《くも》の子《こ》を散らすように逃げだした。

こうした様子を、辰五郎が遠望している。

歓声をあげ、床几のまわりを飛びはねていた。

両陣の狭間《はざま》で干戈《かんか》を交える連中は、呆気にとられた。

が、事態の急変を呑みこむや、新たな戦いに狂奔しはじめる。

俄然、辰五郎一家は勢いを盛りかえし、鶏冠を失った吉蔵の乾分どもは押しまくられていった。

刀を捨てて逃げだす連中も出はじめるなか、小暮だけは果てるともなく斬撃を繰りかえす。

凄惨な剣戟《けんげき》はそこだけに集約され、返り血を浴びた小暮は阿修羅《あしゅら》のごとく辰五郎一家の面前に立ちはだかった。

もはや、蝮の首を獲ったところで、報償を払う者はいない。

「小暮よ。なぜ、ひとを斬る」

なぜ、無闇に殺生をかさねるのか。

問うたところで、本人にもこたえはみつかるまい。

武士の意地か。

いや、そんなものは疾《と》うに捨てたはずだ。

「ならばなぜ」

と、八郎兵衛はおのれにも問うてみる。

武芸者本然の熱い血が、斬撃へと向かわせるのか。

十

小暮は血脂《ちあぶら》の巻いた刀を車に構え、八郎兵衛を待ちかまえていた。

段平を手にする雑魚どもは雲散し、戦場につかのまの静寂が流れる。

ふたりの剣客は対峙した。

ときが止まったようになる。

もはや、邪魔者はいない。

語ることばもいらない。

八郎兵衛と小暮十四郎だけがおなじ空気を吸い、磁力に引きよせられるように一足一刀の間合いへ近づいていく。

陽光は西にかたむき、塔状の雲は茜に染まりつつあった。

涼やかな風が吹き、夏草は馬の鬣《たてがみ》のように靡いている。

ふたつの影は長く伸び、どこからともなく蜩の声が聞こえてきた。

形勢の利は八郎兵衛にある。

小暮は十人余りを斬り、疲労の色をみせていた。

八郎兵衛は顎に滴る汗を拭おうともせず、愛刀国広を抜きはなつ。

なぜ抜くのだと、小暮がいぶかしげな目で問いかけてきた。

居合は抜き際《ぎわ》が命、抜いてしまえば威力は半減する。

しかも、その忍び装束はなんだ。頬当に鎖帷子まで着込んでおるとは、いかにも怪しいではないかと、小暮は胸に問いつづけているはずだ。

こうやって心の動揺を誘う。

技倆が同等ならば、精神の保《も》ちようが勝敗を分ける。

おたがいにわかっていた。

一瞬の油断もできない。

風向き、太陽の反射光、立ち位置、地面の形状、緻密《ちみつ》に頭をはたらかせながら機を窺わねばならぬ。

八郎兵衛は車の構えから刀をゆっくり引きあげ、八双の位でぴたりと止めた。

肘をぐっと突きだし、八双から上段へ、さらに大上段へと、刃を振りかぶる。

間合いは一間半に縮まり、相手の息遣いさえも感じられた。

小暮はあくまでも、車の構えをくずさない。

微動だにもせず、誘いこもうとしている。

腕の立つ男は総じて我慢強い。

臆病なほど慎重で、ひとたび覚悟を決めるや、豪胆な虎に変わる。

下手な仕掛けは命取りになる。

これまでも、小暮に焦《じ》らされて斬りかかり、大勢の腕自慢が臑を失ったにちがいない。

しかし、居合を得意とするはずの八郎兵衛が刀を抜いた。

これは相手の機先を制し、おのれから仕掛けるという意思表示でもある。

一刀流にいうところの「先々《せんせん》の先《せん》」を狙っていると、相手は予想する。

となれば、小暮の受け手はふたつしかない。

八郎兵衛の打ちこみに先んじて、これを制す「先の先」か、もしくは、初太刀をしのいで気勢を殺《そ》ぎつつ、渾身の一撃を浴びせかける「後《ご》の先」か、ふたつにひとつということになる。

部位については、鎖帷子に防備された八郎兵衛の胴は狙えない。

首からうえも難しい。

大上段に構えられては安易に籠手《こて》も狙えず、喉と股間は的が小さすぎる。

残るは臑であった。

柳剛流を相手に臑をさらせば、それは命取りになることを意味する。

「莫迦め」

小暮は、会心の笑みを洩らした。

このときを待っていたかのように、八郎兵衛は裂帛《れっぱく》の気合いを振りしぼる。

「きえ……っ」

土を蹴り、猛然と突進する。

小暮は片膝を折り、低く沈みこんだ。

刹那、八郎兵衛のからだが、ぶわっと宙に舞った。

大上段からの豪撃、不変の構えだ。

「そいっ」

喜々として、小暮は下段から刃を薙ぎあげた。

刃長は二尺五寸。これに人並みはずれた腕の長さがくわわる。

八郎兵衛の跳躍は、わずかに足りない。

繰りだされたのは必殺の臑斬りだ。

「得《え》たり」

小暮の刃が風を孕《はら》み、八郎兵衛の左臑に襲いかかる。

――がっ。

鈍い音とともに、刃が弾けとんだ。

「なにっ」

小暮十四郎は、痺れた腕を抱えこむ。
つぎの瞬間、八郎兵衛の剛刀が撃ちおろされた。
「ぬげっ」
頭蓋がぱっくり割れた。
——ぶしゅっ。
夥《おびただ》しい鮮血がほとばしる。
国広は勢いを止めず、胴をもまっぷたつに斬りさいた。
夏草が真っ赤な血で染まる。
肉のかたまりが、どさっと落ちた。
八郎兵衛は地に舞いおり、ほおっと深い息を吐く。
刃の当たった左脚のみならず、五体のすべてが痺れていた。
臑に巻かれた脚絆は裂け、内側に鉄板がみえている。
臑に傷はない。
枷《かせ》のように塡《はま》った鉄板が阻んでくれたのだ。
しかし、骨に響くほどの衝撃はすぐには消えない。
柳剛流の臑斬りを、まともに食らったのだ。
「罅《ひび》がはいったかもしれんな」

骨が折れなかっただけでも、幸運だったというべきだろう。
八郎兵衛は鉄板を外し、内側に着込んだ鎖帷子も脱ぎすてた。
どっと溢れる汗には、冷や汗もまじっている。
刃を黒鞘に納め、足を引きずって歩みだす。
顔をあげれば、辰五郎の陣営から歓声が騰《あ》がっていた。
浮かれた阿呆どものもとへ、ゆっくりと近づいていく。
辰五郎の紅潮した顔が、はっきりみえた。
満面に笑みを浮かべている。
「三百両だ。みいんな、あんたにくれてやる」
狂喜しながら、肥えた男は叫んだ。
徐々に、からだの痺れが薄れてきた。
八郎兵衛は足取りを変えず、辰五郎のもとへ身を寄せる。
六尺の間合いまで迫ったとき、糞蝮野郎は顔色を変えた。
「ま、待ってくれ。あんた……か、金はいらんのか」
こたえる必要はない。
涼しげな眼差しをむけ、すっと両肩を落とす。
抜いた。

誰にも太刀筋はみえない。

眩《まばゆ》い閃光《せんこう》とともに、辰五郎の首が飛んだ。

「ひぇ……っ」

生首は驚いた顔で絶叫し、中空に高々と弧を描いた。

十一

宿場に平穏がおとずれた。

八郎兵衛は、吾平の見世で酒を呑んでいる。

「なんで、あんな女にこだわるのさ」

蓮《はす》っ葉な口調で酌をするのは、おちょうの姉のおしまだ。

八郎兵衛の活躍で辰五郎の息のかかった岡場所は潰れ、女たちは解放された。

晴れて自由の身となったおしまは、吾平の親切で見世を手伝うことになった。

「騙されたんだってねえ。あんた、三条河原に晒されたんだろう」

「ああ」

「だからって、執念深く女の尻を追いかけるのはみっともないよ」

「追う気はないさ」

「それなら、宿場に居着いちまいなよ。あんたがいてくれりゃ、半端者や破落戸《ごろつき》は震えあがって幅を利かせられなくなる。いいだろう、住めば都っていうじゃないか。あたしがみんなから銭をあつめてやるよ。宿場の用心棒になりゃいいのさ」

「面倒だな、それも」

「やっぱり、おしずを追う気なんだね」

おしずと源信は、大喧嘩の騒ぎに紛れて吉蔵のもとを抜けだし、町を出た。われながら、阿呆だとおもう。

喧嘩に関わっているあいだに、魚を釣りおとしてしまったのだ。

だが、それはそれでよかったのかもしれない。

また旅をつづけられると、八郎兵衛はおもった。

「北国街道を北へ向かったことは、まちがいないね」

「なんでわかる」

「女の直感さ。崖っぷちの男女が遁げるのは北にきまっているからね」

根拠はないが、わかるような気もする。

暖かい南国よりも、北国のほうが男女の道行きには似つかわしい。

その道行きに、とことんつきあってやろう。

近づけば遠ざかる。逃げ水を追うようなものかもしれない。

そうであれば、なおさら追いたくなる。

葛葉に逢いたいという気持ちは薄れるどころか、強まっていくばかりだ。

源信とかいう小悪党の面も、ついでに拝んでみたくなった。

女に死ぬほど惚れられた男というものは、いったいどんな顔をしているのか。

それをたしかめるのも一興《いっきょう》ではないか。

「そういえば、福之助はどうした。元気でやっておるのか」

「ふふ、噂をすればなんとやらだよ」

川谷福之助が暖簾をくぐり、見世にはいってきた。

こざっぱりした浴衣を纏い、髪を町人髷に結いなおしている。

さすがの八郎兵衛も、驚きを隠せない。

「どうした、その恰好は」

「武士を辞めたのですよ」

「へえ、よく辞められたな」

「簡単ですよ。倦怠《けんたい》につきお役御免《やくごめん》、ほな、さいならってことで」

「父親は助けてくれなかったのか」

「あのひとには、ついに天罰がくだりました」

鯖江藩勝手掛かりのお偉方が公金横領の罪に問われ、その人物に賄賂を湯水のごとく注ぎこんできた天野屋金兵衛も連座の廉《かど》で捕縛された。

「野放しの奸物どもが、やっと捕まったか。そいつはめでたいな」

お偉方に恨みを抱くものの訴えが藩主の耳にはいり、関わった者たちはみな芋蔓《いもづる》のように捕まったらしい。

「天野屋はもう仕舞いです。わたしには後ろ盾がなくなりました」

「そのわりには、さっぱりした顔だな」

「わたしは根っからの怠け者ですから、堅苦しいお役所勤めは性に合いません。それに、天野屋が捕まって、なんだか肩の荷が降りたような」

「どんな悪党でも、親は親さ。おまえさんは親不孝者だよ。それで、これからどうする」

福之助は頰を赤らめ、おしまのほうをみやった。

「吾平どんが、この見世を切り盛りしてみないかと仰いました。ご厚意に甘え、おしまといっしょにやってみようかと」

「ほう、そいつはめでたい」

「なにもかも、伊坂さまのおかげです。あなたさまは生き仏だ。嘘だとおもわれるんなら、町を歩いてごらんなさい。あなたを拝まないものは、ひとりもおりませんよ」

八郎兵衛は頭を搔き、おしまに酌を求めた。

面とむかって褒められるのは、あまり好きではない。

「親爺、勘定だ」

銭を払おうとしても、吾平は頑《がん》として受けとらない。

「ありがとうよ」

八郎兵衛は、ふらつく腰つきで席を立った。

まだ夕刻だというのに、かなり酔っている。

「今宵はどこへお泊まりで。よろしければ宿をとりましょうか」

心配する福之助に手を振り、見世の外へ出た。

そのまま、入相《いりあい》の往還を宿場のはずれまでそぞろ歩く。

おおきな果実のような夕陽が、西の空を茜に染めていた。

街道を逸れて西へ五里も行けば、日本海に沈む夕陽をみることもできよう。

「そうするかな」

いや、日没までにはたどりつけまい。

宿場町を背にしつつ、八郎兵衛は棒鼻までやってきた。

今宵は北庄まで足をはこび、場末の安宿にでも泊まろう。

道端の暗がりに、女がひとりたたずんでいる。

身じろぎもせず、こっちをみつめていた。

「おちょうか」
八郎兵衛は懐中に手を入れ、隠しもっていた銀簪を握りしめた。
振りかえることもなく、大股でとおりすぎる。
道に長く影が伸び、八郎兵衛の背中は夕まぐれの静寂《しじま》に溶けこんでいく。
短い命を惜しむかのように、突如、蟬が鳴きだした。
みやれば、街道脇の榎木の幹に銀簪が刺さっている。
おちょうは短く溜息を吐き、宿場のほうへ踵を返した。

大聖寺《だいしょうじ》の仇討ち

一

葛葉の足跡を追いつつ、北国街道を北に進んだ。

逃げ水を追うようなもので、噂らしきものはあっても確たる足取りを摑むことはできない。

旅の目途すら失いかけたまま、葉月《はづき》もなかばをむかえようとしている。

だが、生涯ではじめての土地に足を踏みいれると、わけもなく心は弾んだ。

新たな出逢いがあるかもしれないと、淡い期待を抱いてしまう。

白い萩の簇生する名刹の参道に、観音菩薩の石像が並んでいる。

武家風の娘がひとり観音菩薩に香華《こうげ》を手向《たむ》け、祈りを捧げていた。

可憐な横顔は二十歳の手前か。

あどけない女童《めわらべ》の面影を残しつつも、凛《りん》とした気高さを感じさせる風情だ。

涙袋の端に泣き黒子をみつけ、八郎兵衛は胸をときめかせた。

「すまぬが、大聖寺の町屋はこのさきであろうか」

知っているにもかかわらず、道を尋《たず》ねるふりをする。

娘は静かに瞼をひらき、鳶色の大きな瞳でみつめかえす。

八郎兵衛は耳朶《みみたぶ》まで赤く染めた。

嘘を吐くのは苦手なのだ。

薄汚い素浪人に祈りを妨げられたにもかかわらず、娘は花の蕾がほころんだように笑ってみせた。

「このさきの下屋敷町を抜けておいきなされ」

小鳥が歌ったようだ。

うっとりしてしまう。

「かたじけない」

八郎兵衛は頭を垂れ、さらに問いをかさねた。

「この寺は」

「実性院《じっしょういん》にござります」

「ほう、これが加賀曹洞宗《そうとうしゅう》の名刹。たしか、大聖寺前田《まえだ》家の菩提寺《ぼだいじ》でもあったな」

「さようにございます」

「いや、邪魔をした。では」

後ろ髪を引かれるおもいで歩みだすと、天女の声が追いかけてくる。

「もし」

「ん、なんでござろう」

阿呆のような顔で振りむき、顎を突きだす。

その様子があまりに可笑しいのか、娘は口に手を当てて笑う。

「右のお袖が」

「はあ」

「お召し物の袖のうしろ、糸が解《ほつ》れておりますよ」

「あ、さようか。これはかさねがさね、かたじけない」

繕いましょうか、とまでは言ってくれない。

期待もしなかったが、せめて名だけでも訊いておこう。

「桔梗《ききょう》と申します」

娘は恥じらうようにこたえ、敬虔《けいけん》な祈りに戻っていく。

加賀は良いところだ。

八郎兵衛は浮きたつようなおもいで、萩寺の参道をあとにした。

北国街道加賀路を北へたどり、越前と加賀の国境を越えると、ほどなくして大聖寺十万石の城下町へ達する。

大聖寺藩は加賀百万石の支藩で、九谷焼《くたにやき》の窯《かま》をひらいたことでも知られている。宗家三代当主前田利常《としつね》の三子利治《としはる》にはじまり、開藩当初は七万石であったものを、文政《ぶんせい》四年、八代利考《としやす》のときに十万石への高直しがみとめられた。

錦城山のこんもりとした丘陵には流麗な城の天守が聳え、町屋では九谷焼、加賀象嵌《ぞうがん》、加賀友禅、加賀漆器などの高度な職人技術に支えられた物づくりが盛んにおこなわれている。

金沢や小松ほどの規模はないものの、宿場はたいそうな賑《にぎ》わいぶりだった。沿道には露天市が立ち、軒にならぶ宿屋の留女《とめおんな》たちが旅人の襟や袖を摑んでいるかとおもえば、商人や職人が忙《せわ》しなく行き交っている。

武家地に隣接しているので供人を連れた二本差も見受けられるし、徒党を組んだ若侍らも闊歩していた。

そうしたなか、目を楽しませてくれるのは、綺麗に着飾った町娘の潑剌《はつらつ》としたすがたにほかならない。支藩とはいえ、さすがは百万石の威風を誇る加賀前田、豊かな土地柄を感じさせる光景ではある。

香具師《やし》の口上などを聞きながら歩いていると、問屋場のほうから怒声が聞こえてきた。

「喧嘩だ、喧嘩だ」

馬子が両手をあげ、一目散に駈けてくる。

野次馬根性をそそられた。

喧嘩ならば見逃す手はない。

すでに、沿道には人垣ができていた。

見物人のつくる輪のなかに、三人の男がいる。

ふたりは武士で、ひとりは町人だった。

町人は平蜘蛛のように伏し、路面に反物がひろがっている。

鮮やかな色彩の加賀友禅だった。

「なんだ、喧嘩ではないのか」

「染め物屋の手代が無礼打ちになるかもしれねえ」

眉をひそめるのは、職人風の男だ。

「ちょこっと肩が触れただけなのにな。しかも、相手は人間さまじゃねえ。ほら、痩せた侍の腕んとこで偉そうに留まってるやつ」

灰鷹《はいたか》だ。

かなり大きい。雌だろう。

「名は梅鉢《うめばち》、お殿さまご自慢のお鷹さまでね。侍は三浦左近之丞《みうらさこんのじょう》の用人で、相撲取りみてえなのが大河原源右衛門《おおがわらげんえもん》、蟋蟀《きりぎりす》みてえなのが金井兵馬《かないへいま》」

「三浦左近之丞というのは」

「お鷹狩りが大好きなお殿さまの腰巾着《こしぎんちゃく》なんだが、平常は暇つぶしに横目付みてえなことをしていやがる。鷹匠あがりの嫌な野郎さ。梅鉢のおかげでたいそう出世しちまったが、大河原と金井を使って町人に難癖をつけては小金を巻きあげているのさ」

「悪党だな」

「それも札付きのね。ところが、梅鉢ってのは前田さまのご家紋だからね、お鷹さまのご威光にゃ誰も逆らえねえってわけさ」

「ふん、くだらん」

八郎兵衛は人垣を押しのけ、輪のなかへ踏みだした。

「旦那、お待ちなせえ」

慌てた職人が止めようとしても、もう遅い。

野次馬どもが一斉に注目するなか、八郎兵衛は輪の中心へ進みでた。

「町人、頭をあげろ」

「へっ」

「頭をあげろと言うておる」

「で、でも」

「それだけ謝れば充分だ。去れ、早く去れというておろうが」

「へ、へい」

手代は散らかった反物をまとめ、尻を引っからげて走りさる。

「き、きさま、なにをさらす」

丈も幅もある大河原が激昂《げっこう》し、刀の柄に手を掛けた。

金井のほうは、落ちつきはらっている。左手に鹿革の手袋を塡め、肘を鉤形に曲げたまま、梅鉢を留まらせていた。さほど長く保つまいとおもったが、そうでもない。痩せているわりには、膂力《りょりょく》がある。

梅鉢は瞬きもせず、剝製《はくせい》のようにじっとしていた。

「この始末、どうつけるね」

と、金井が冷笑してみせた。

「さあな、なるようにしかならぬだろう」

「あの者は、お鷹さまに無礼をはたらいた。問答無用で斬りすててもよいところを、おぬしのせいで取り逃がしてしもうた。となれば、おぬしに非があると言わねばなるまい」

「つまり」

「その風体では金もありそうにないからの、わしらの主人を納得させるには、おぬしの首がいる」

「獲れるかな、おぬしたちに」

「わしらは加賀無敵流《むてきりゅう》を修めし者。野良犬の剣術では歯が立たぬぞ」

「聞かぬ流派だな。わしの不勉強やもしれぬ。やってもよいが、おぬしらを返り討ちにしたらどうなる」

「笑止千万。だが、そうなれば、おぬしは生きて領内から出られまい」

「なら、止《や》めておこう」

「そうはいかぬ」

梅鉢は殺気を感じ、ぱっと羽をひろげて舞いあがった。

「野良犬め、覚悟せい」

金井は刀を抜き、大河原も抜刀する。

八郎兵衛も抜いた。

いや、抜いたかにみえた。

息を呑む野次馬どものなかで、太刀筋を目にしたものはひとりもいない。

すでに、勝負はついている。

ふたりが斬りこもうとしたとき、八郎兵衛は刃を納めていた。

「安心しろ、峰打ちだ」

吐きすてるやいなや、用人ふたりがどっと倒れた。

金井は眉間を割られ、大河原は首筋を打たれている。

ふたりとも白目を剝いて昏倒していた。

「わあ、やった、やったぞ」

嵐のような歓声が沸きあがった。

八郎兵衛は恥ずかしそうに背を丸め、人垣の狭間に紛れこむ。

人垣を抜けると、腰に両手を当てた留女が待っていた。

「『布袋屋《ほていや》』にお泊まりよ。宿賃はただにしとくからさ」

「そいつはありがたい」

「あんたは偉いよ、ひさしぶりに男をみたねえ。あたしゃもう、たまらない気分さ」

興奮気味にまくしたてる留女は、丸々と肥えた大年増《おおどしま》だ。

たまらんのはこっちだとおもいつつ、八郎兵衛は草鞋を脱いだ。

二

小松まではおおよそ六里、安宅《あたかのせき》関を越えて小松から金沢までは六里十八町、加賀路を北へむかう旅人はたいてい、大聖寺の近辺に宿をとりたがる。このあたり一帯が温泉郷だからだ。

翌日、八郎兵衛は留女の目を盗み、昼過ぎに布袋屋を抜けだした。

街道を東に逸れ、行基上人の開湯ともつたえられる山代《やましろ》温泉郷へやってきたのだ。

四肢のそこらじゅうが痛い。布袋屋の主人が金はいらぬというので昨晩は酒を三升ほど呑み、呑んだ勢いで留女を部屋に招きいれてしまった。

頭のなかで梵鐘《ぼんしょう》が鳴っている。

吐けと命じられれば、胃袋の中身をすぐに吐瀉《としゃ》できよう。

昨日は往来のただなかで、金井と大河原に恥を掻かせてやった。

報復されないともかぎらない。揉め事には巻きこまれたくないので、すぐにでも城下をあとにするべきところだった。

だが、せっかくの温泉郷を素通りするのは惜しい。

贅沢はできぬものの、露天風呂にでも浸かってゆっくりしたいとおもった。

山代温泉は大日山《だいにちざん》を源流とする河畔にあり、さほど難儀な道程ではないが、山毛欅《ぶな》林のなかに拓《ひら》かれた山道をたどっていかねばならぬ。

湯治客とおぼしき旅人がまばらにあった。

誰もが金剛杖を握り、陽のあるうちに宿へたどりつこうと必死に歩いている。

八郎兵衛は心地よい秋風に吹かれながら、のんびりと坂をのぼっていた。
同じようにのんびりと背中に従《つ》いてくるのは、角頭巾《すみずきん》をかぶった老人だ。
風体からすると、俳諧師《はいかいし》であろうか。
「おっ」
鰯雲《いわしぐも》に覆われた空を、つがいの鷹が矢のように横切った。
「灰鷹じゃな」
俳諧師は空をみあげ、落ちついた口調でこぼす。
いつのまにか、一間の間合いまで近づいていた。
なんだ、この爺《じい》さまは。
ざわりとした感触を抱きつつも、八郎兵衛の眼差しは空にある。
灰鷹は体長の大きい雌をはしたか、小さい雄をこのりと呼ぶらしい。
雌雄とも、鷹狩りに用いることで知られている。
「筒鳥《つつどり》を狙うておるぞ」
俳諧師のいう筒鳥とは郭公《かっこう》の仲間で、種蒔《たねま》き鳥とも称する。
かなりの大きさがあった。
これを、二居《ふたもと》の灰鷹が左右から猛然と追いたてた。
上下に交差しつつ、空を十文字に切り裂きながら飛翔する。

目を釘付けにされた。

八郎兵衛は編笠を手にしたまま、口をあんぐりとあけている。

「だめだ。獲られた」

と、俳諧師が叫んだ。

刹那、敏捷な雄が筒鳥の背中を嘴《くちばし》で突いた。

すかさず、大羽をひろげた雌が滑空し、揚力の衰えた獲物を鋭い脚の爪で引っかけた。

狩りは終わったようだ。

雌雄の鷹は意気揚々と、山毛欅林のむこうへ消えていく。

「雌のほうは梅鉢かな」

「いいや、野生の鷹じゃよ」

八郎兵衛のひとりごとに、俳諧師は物知り顔でこたえた。

「野生の鷹か。それにしても見事なものだ」

うなずきつつも、目はまだ鷹を追っている。

小柄な俳諧師が、ぴたりと隣に寄りそってきた。

「山代温泉へ向かわれるのか」

「そうだが」

「これもなにかの縁じゃ。ごいっしょさせてもらってもよいかな」

「かまわぬよ」

八郎兵衛は俳諧師らしき老人と肩を並べ、ゆるやかな坂道をのぼりはじめた。

三

芙蓉《ふよう》の実が、ぽんと弾けた。

「酔《すい》芙蓉じゃ。驚かれたかの」

俳諧師が笑いかけてくる。

「あるとき、唐土《もろこし》の御殿に数人の客人《まろうど》が招かれた。主人は客人の部屋にひとつひとつ別の花を飾ったのじゃ。酩酊した酔客の部屋には芙蓉の花が飾られた。それも、ただの芙蓉ではない。朝には白い五弁の花が、午刻《ごこく》を過ぎるころには淡い赤に変色する。まるで、酒に酔ったかのごとくの。花には酔芙蓉という名がつけられた」

俳諧師は筆の代わりに銚子をつまみ、燗酒《かんざけ》を注いでくれる。

「さ、呑みなされ。今宵は中秋の名月じゃ」

八郎兵衛は盃を干し、温泉宿の濡れ縁から宵の空をみあげた。

「愛《め》でなされ。良い月じゃろうが」

満月は皓々《しらじら》と闇夜を照らし、心を夢幻の境地に遊ばせてくれる。風も涼しい。

葉月は露の結ぶ季節、すだく虫の音を聞きながら酒を呑む。

湯上がりの酒は格別だ。

俳諧師が皺顔を寄せてくる。

「加賀は、はじめてのようじゃの」

「ふむ、ご老人は詳しいのか」

「詳しいもなにも、大聖寺城下に生まれ育ったものでな」

「ほう」

「これでも侍じゃった。一人息子に家督を譲ってからは、悠々自適の隠居暮らしをおくるつもりであったが」

「どうされた」

「さきに子が逝《い》き、家内も悲嘆に暮れながら子のあとを追ってしもうた。爾来、三年と半年、俳諧師に身を窶《やつ》し、諸国遍路の旅路についておったが、おもうところあって舞いもどってきたのじゃ」

「ふうん」

八郎兵衛は鼻白《はなじろ》んだ顔で酒を舐める。

「関心がなさそうじゃの」

「込みいった事情には首を突っこみたくないのでな」

老人は薄く笑い、酒を注いでくる。

「なにがしかの報酬があれば、はなしは別じゃろう」

「ほほう、はなしを聞くだけで、金を貰えるのかね」

「無論、そのさきがある。おてまえの腕前を見込んでのことじゃ」

「宿場での騒ぎ、みておったのか。それで、近づいてきたのだな」

「左様《さよう》、ほかに理由などない」

皺に埋まった老人の眸子《まなこ》が、きらりと光った。

「三浦左近之丞の用人を峰打ちにした腕前、見事な居合技にござった。されど、三浦も居合を使う。水鷗流《すいおうりゅう》の手練《てだれ》じゃ」

「待ってくれ、ご老人。三浦左近之丞に遺恨を抱いておられるようだが、相手は殿さまのお鷹懸かり、安易な依頼は引きうけかねる」

「察しがよろしいの。じつは、助太刀を願いたいのじゃ」

「やれやれ、仇討ちかい」

「諾《だく》とするかどうかは、はなしを聞いていただいたあとで結構。否《いな》といわれても、これ、こいつを差しあげよう」

ちゃりんと音を起てて跳ねる山吹色の小判に、ぐっと惹きつけられた。

「はなしだけなら、まあ、聞いてもよい」

鼻の脇を掻きながら、八郎兵衛は酒を呷る。

「じつを申せば」

老人の姓名は麻生太郎左衛門《あそうたろうざえもん》といい、そもそもは鷹匠であった。

初代梅鉢をもって藩に召しかかえられ、いっときは殿さまにも重用されたという。ところが、子息の伊織《いおり》がお鷹懸かりの職責を引きついでまもなく、不測の事態が勃《お》こった。

殿さまの寵愛を受けた初代梅鉢が毒殺され、伊織に嫌疑が降りかかったのだ。もとより、梅鉢の徴《しるし》は前田家の家紋である。右の所業は加賀百万石への叛逆にも等しい罪とされ、即刻、伊織に切腹の沙汰がくだされた。しかも、麻生家は取りつぶしとなり、そののちも調べなおしはおこなわれなかった。

「幼いころより、あれほど可愛がっていた鷹を、伊織めが毒殺する謂《い》われはない。御《お》歴々《れきれき》もわかっておったはずじゃ。なれど、真実の究明よりもさきに、急いで誰かを処断せねばしめしがつかなかった。金沢の本家への体面もあるからの。そうでなければ事は収まらぬということになり、伊織は腹を切らされたのじゃ」

老爺《ろうや》は、寂しそうに笑ってみせる。

「ほどなくして、三浦左近之丞なる男が城下にあらわれた。鷹匠仲間でも知るものはおらんかった。氏素性の怪しいものであったが、近江から流れてきたらしいということだけはわかった」

三浦は毛並みも見事な雌鷹を殿さまに上覧してもらい、ひと目で気に入られてしまった。お鷹懸かりが空席だったこともあり、そのまま、麻生家の地位を引きつぐこととなったのだ。

八郎兵衛は眉尻《まゆじり》をぴくっと吊りあげる。

「偶然にしては、できすぎたはなしだな。されどご老人、三浦が初代梅鉢を毒殺した確たる証拠はあるのか。手前勘《てまえかん》で下手人と決めつけておるのなら、ご子息の恨みを八つ当たりで晴らすようなものだ」

「そこじゃよ。わしが三年半ぶりにもどってきた理由は」

「ほう」

「三浦本人が白状したのじゃ」

白状したというよりも、酔いにまかせて「おのれの力量でお鷹懸かりの地位を奪いとってやったのさ」と、吹聴《ふいちょう》したらしい。

「伊織には許嫁《いいなずけ》がおった。とある番方筆頭与力の娘御で、それは気立ての良い美しい娘じゃ。ふたりは深く好きおうていた。娘はどうしても伊織のことが忘れられず、なぜ、伊織が腹を切らねばならなかったのか、納得できるまでは死んでも死にきれぬと言うてくれた」

許嫁は三浦に近づいた。

酌女《しやくおんな》に身を変えてまで、罠を仕掛けたらしい。

女誑《おんなたら》しの三浦を出合茶屋へ誘いこみ、酩酊させた。

おそらく、からだもゆるしたにちがいない。

凄まじいまでの執念だった。

「三浦はしたたかに酔い、おのれが初代梅鉢を毒殺したと口走った。無論、麻生家の地位を奪いとるためにな。あやつめは、まんまと誘いに乗ったのじゃ」

かねてより疑念を抱いていた麻生太郎左衛門は、子息の許嫁と連絡《つなぎ》をとる方法を保っていた。

ゆえに、真相が判明すると、即座に舞いもどってくることができた。

「難しいのは、そこからさきじゃ。いまさら、お城に訴えでるわけにもいかぬ。仇討ちなど、みとめられるわけもないからの。ならば、毒殺をとおもうたが、許嫁が首を縦に振らぬ。痩せても枯れても武家の娘、尋常な申しあいで伊織の仇を討ちたいと申してな」

「おなごの身で仇討ちを」

「そのために、日夜、研鑚《けんさん》に励んでおる」

「笑止な。三浦は水鷗流の達人なのであろう。付け焼き刃の剣では返り討ちに遭うだけのことだ」

「そこでな、わしはこの数カ月、これはとおもう剣客をさがしつづけた。報酬のためではなく、正義のために悪を斬る。そうした誠の志を携えた御仁を、必死にさがしておったのじゃよ」

「見込みちがいだ。わしは野良犬同然の男さ」

「さようか。ま、無理強いはできぬ」

乾いた眸子でこぼし、老人はくっと酒を呷る。

はなしは途切れた。

八郎兵衛は深々と溜息を吐く。

これでは、せっかくの月見酒がだいなしではないか。

「すまぬの。老いぼれの繰り言じゃとおもうて、聞きながしてくだされ」

と謝り、黙るかとおもえばまた喋りだす。

「わしは死にきれんかった。幼いころの伊織の顔が浮かんでの、四十で生まれた子じゃったから格別に可愛かった。可愛ゆうて、可愛ゆうてな、そんな伊織を理不尽にも死なせてしもうた。わしのせいじゃ。わしが欲を出し、殿さまに仕えたいとおもったばっかりに……く、くく」

老人は床に手をつき、嗚咽しはじめた。

深く刻まれた目尻の皺に、懊悩《おうのう》の痕跡を窺うことができる。

慚愧《ざんき》の念にみちびかれ、故郷に舞いもどってきたのだ。

本懐を遂げることができなければ、妻子の墓前に香華を手向けることもできまい。

「わかった。もうわかったから、顔をあげてくれ」

八郎兵衛は小判をひょいと拾いあげる。

老人の顔に赤味が差した。

「ご決心、いただけたのか」

「いや、待て。いま少し詳しい事情を訊きたい。許嫁の娘に逢わせてくれ」

「無論、そのつもりじゃ」

「娘の名は」

「桔梗」

ぽつんと、太郎左衛門はこたえる。

風が吹き、忽然と群雲が流れはじめた。

翳《かげ》りゆく満月の残光が、濡れ縁を蒼々《そうそう》と照らしだす。

八郎兵衛は盃を手にし、老人の顔をまじまじとみつめた。

脳裏に浮かんだのは、白い萩の簇生する実性院の参道で祈りを捧げる娘の横顔だ。

「ふっ、まさかな」

桔梗という名は、どこにでもある。

「まさかとは」

老人の問いに首を横に振り、八郎兵衛はとくとく酒を注いだ。

「いや、こっちのはなしだ」

酒を呷り、注いでは呷る。

中秋の名月は雲に隠れたまま、ついに顔を出さなかった。

四

尻のしたから、熱湯がぼこぼこ噴きだしてくる。

八郎兵衛は、岩盤を刳《く》りぬいた大きな湯槽《ゆぶね》に浸かっていた。

周囲は竹垣で囲われているものの、男女の別はない。入込湯《いりこみゆ》である。

「ふう、朝風呂こそが至福よ」

硫黄《いおう》の臭気が鼻をついた。

これが万病に効くらしい。

臓腑の病から関節痛まで、なんにでも効果があるという。

湯煙のむこうに、ふっくらした裸体が浮かびあがった。

「桔梗どのじゃ」

太郎左衛門が隣で笑う。

なんのことはない。桔梗という許嫁は、同じ温泉宿に泊まっていたのだ。

「麻生どの、どういうことだ」

「どうとは」

「武家の娘なら、恥じらいというものがあろう。垢擦《あかす》り女でもあるまいに、入込湯などに誘ってもよいのか」

「桔梗どのは本懐を遂げるためならばなんでもする。そんじょそこらの、やわな武家娘ではない」

「待ってくれ。わしにその気はないぞ」

「結構なことじゃ」

桔梗は湯槽からあがり、片膝立ちで垢を擦《こす》っている。

実性院で出逢った娘のようでもあるし、あの娘にしては豊満すぎるようにも感じられた。

乳色の湯気が邪魔をして、はっきりと判別できない。

八郎兵衛は焦れったいおもいを募らせながら、岩風呂のなかで茹で蛸のように赤くなった。

「伊坂どの、背中でも流してもらえばよかろう」

「え、よいのか」

おもわず、本音を口走る。

「そのために、桔梗どのはあそこにおる」

「また、それを言う。その気はないと申しておるに」

「ほほ、結構なことじゃ、武芸者には忍耐が肝要じゃからの。なれど、熟《う》れた娘の色香《いろか》にどこまで耐えられるかな」

「あんたは義父も同然なのであろう。嫁にふしだらな真似をさせ、よくも涼しい顔をしていられるな」

「身と心は別物じゃ。心が伊織にあればこそ、身を穢すこともできる」

「身を穢せば、心も虚《むな》しうなる。それがおなごではないのか」

「おぬしにおなごのなにがわかる。ごちゃごちゃ抜かさずに早う、おあがりなされ」

八郎兵衛は覚悟を決め、ざっと湯槽からあがった。

湯治客はちらほらいる。が、ほかの客など眼中にない。

ふっと、桔梗が振りむいた。

やはり、実性院で観音像に祈りを捧げていた娘だ。

「まあ、あのときの」

桔梗は驚いた顔をする。

「わしが背中を流して進ぜよう」

八郎兵衛は糠袋《ぬかぶくろ》をとりあげ、無理矢理、桔梗の背中を擦りはじめる。

「痛っ、痛うございます」

桔梗は喘《あえ》ぎ、身を捩《よじ》らせる。

「す、すまぬ」

八郎兵衛は空を仰ぎ、雲を数えはじめた。

「痛うございます」

またもや、天女の声が聞こえてくる。

「もう結構です。わたくしめにやらせてくださりませ。さ、お背中を」

素直に背中を向けた。

優しい手触りがつたわってくる。

ふと、掌に肉刺《まめ》があるのに気づいた。

「竹刀胼胝《しないだこ》にございます」

桔梗は誇らしげに囁き、湯を汲んだ桶をかたむけ、からだを流そうとする。

ここは我慢だと、八郎兵衛はおのれに言いきかせた。

死人に心を寄せる女など、抱くことはできない。

桔梗にしたところで、切羽詰まったうえでの行為なのだ。

どれだけ魅力を感じようが、抱いてしまえば本物の外道になりさがる。

腹を切らされた伊織に化けてでられても厄介だ。

「そろりとあがろう。茹であがってしまう」

「はい」

なにやら、桔梗もほっとしている。

もはや、八郎兵衛の心は決まっていた。

実性院の参道で美しい娘に出逢ったときから、運命の歯車はまわっていたのかもしれない。

助太刀を請けると伝えるや、太郎左衛門は泣いて喜ぶかとおもえば、あたりまえのような顔をしてみせた。

「さっそく、段取りを申しあげよう」

綿密に調べあげた三浦左近之丞の一日を説きはじめる。

「邸は実性院ちかくの下屋敷町にある。派手好みの三浦らしく、門は桁行《けたゆき》二十間、梁《はり》間《ま》三間の入母屋《いりもや》造りじゃ。きゃつめは明けの七つには起き、邸の庭で木刀を振る。その様子は鬼神のごとくであるというが、まあ、そんなことはどうでもよい」

太郎左衛門はくどくど喋りつづけたが、あまり参考になるものはなかった。

四十の手前で妻と別れ、邸には賄い女ひとりと、鷹の世話をする金井、大河原の用人ふたりが住みこんでいる。

三浦は三日に一度は登城し、あとは市内の見廻りか、妾宅《しょうたく》で日がな一日を潰す。

妾宅は宿場の北外れにあった。

三浦は妾宅には泊まらず、遅くとも子《ね》ノ刻までには帰路につく。

暗殺をこころみるなら、妾宅からの帰路で狙うのが常道だろう。

「それはならぬ」

と、太郎左衛門は眉間に皺を寄せる。

あくまでも尋常な勝負をのぞんでいるからだ。

桔梗もうなずいた。

「伊織さまも仇討ちをのぞんでおられるはず。わたくしめは、そのために剣術の稽古を積んでまいりました。なんなら、腕前をおみせいたしましょうか」

桔梗は顔を紅潮させ、奥の部屋から木刀を携えてきた。

可憐な容姿とはうらはらに、強情で勝ち気な面があるようだ。

袖をたくしあげて襷《たすきが》掛けをすると、艶っぽく微笑んでみせる。

「さあ、支度ができましたよ」

「そういわれてものう」

「臆《おく》されましたか」

凛とした声で叱りとばし、足袋《たび》のまま中庭へ下りていく。

太郎左衛門はとみれば、暢気《のんき》な顔で小太刀を寄こす。

「これを使いなされ」

竹光であった。

「剣術《やっとう》のほうは、からっきしだめでの。わしが使えるのは箸くらいのものじゃ。ふおっ、ふおっ」

歯の抜けた口が笑っている。

期待もしていなかったが、騙された気分だ。

「さあ、伊坂どの。相手をしてあげなされ」

しかたなしに重い腰をあげ、八郎兵衛も裸足で庭へ下りた。

「やあ……っ」

青眼の構えから、喉に突きが飛んでくる。

ひょいと避けると、こんどは上段から木刀が振りおろされ、鬢《びん》の脇を掠めていく。

筋は良い。なかなかのものだが、捷《はや》さが足りない。

膂力も乏しい。真剣の立ちあいならば、返し技で一刀両断にされている。

「桔梗どの、上段からは難しそうだな」

「なぜです」

「ほれ、髷がくずれておろう。髱《たぼ》に邪魔をされ、振りが鈍くなるのだ」

「わかりました。なれば、髪を切ります」

「待ってくれ。そんなつもりで申したのではない」

「どうすればよろしいのです」

「まずは、相手の手の内を知らねばなるまい。三浦の丈は五尺七寸程度というたな。幅もあり、なかなかの偉丈夫《いじようふ》だという。しかも、水鷗流の手練だ。おそらくは低く沈みこみ、脇構えから胸か腹を狙ってくるとみた」

桔梗は瞳に炎を宿し、真剣な顔で聞いている。

八郎兵衛の口調も、次第に熱を帯びてきた。

「これをやられたら、ひとたまりもない。そうさせぬためには、一撃で勝負を決めようなどと急いてはならぬ。先方にも相青眼《あいせいがん》で構えさせ、二合三合と物打《ものうち》を小当たりに叩き、遊《せ》ばせてやるのだ。ふむ、やってみろ」

「はい」

桔梗は喜々として木刀をかたむけ、えい、やあと気合いを込めながら打ってくる。

さねた。

これを竹光で受け、いなしながら打ちかえし、ふたりは汗みずくになるまで稽古をか

桔梗は肩で息をしつつも、弱音を吐かない。

小休止の気配すらみせず、掌の肉刺が潰れてもなお、稽古とはおもえないほどの峻烈さで打ちかかってくる。

「よし、その調子だ。なれど、本番では打ちあいを長くつづけてはならぬ。油断の生じた間隙《かんげき》を衝《つ》き、一足一刀の間尺《ましやく》へ踏みこむ。きてみろ。そうじゃ。つつっとな、踏みこみはつつっと、雲を滑るがごとくなさねばならぬ」

「たあっ」

「よし、申し分ない。このとき、相手の物打を搦《から》めとらねばならぬ。搦めとりつつ、踏みこむ。踏みこみつつ、搦めとる。このあたりの呼吸は難しい」

「やってみます、とあっ」

「ふむ。そのまま、喉へ突きを見舞ってみろ」

「はい」

「ここが一か八かの勝負どころ。息を詰め、天を突くがごとく腕を伸ばすのだ。両腕をぽんと放りだすようにな」

「はい」

突きがくる。
初手の突きよりは、数段、威力を増している。
しかし、これで三浦と勝負できるのかどうか。
無理だなと、八郎兵衛はおもった。
おのれの剣で片を付けねばなるまい。
それにしても、たかが稽古にのめりこんでいる。
報酬の多寡も訊かず、助太刀に命を懸けてよいのか。
ひょっとすると、娘に惚れてしまったのだろうか。
惚れたところで詮無いはなしだ。
桔梗の気持ちは伊織にある。
黄泉国《よもつくに》へと繋がっているのだ。
肉体は奪えても、心までは奪えない。
伊織は幸せなやつだ。
少しばかり嫉妬《しっと》する。
「とあ……っ」
桔梗の突きが、猛然と襲いかかってきた。

五

葉月廿日《はつか》。

温泉宿の出逢いから五日目、いよいよ歯車は廻りだした。

麻生太郎左衛門は、ただの老いぼれではない。

「三浦を誘いだすのに、一計を案じておるのじゃ」

不敵な笑みを洩らし、八郎兵衛を町外れの村に誘った。

桔梗もいっしょだ。扮装《いでたち》は武家娘のものではない。芥子《からし》色の袖無羽織に伊賀袴《ばかま》を着《つ》け、腰には小太刀を差している。髪も短く切って茶筅髷《ちゃせんまげ》に結いなおし、覚悟のほどをしめしていた。

ただ、事前に策を報されているのか、遊山《ゆさん》にむかう小娘のようにはしゃいでいる。

大聖寺川が遠望できる田畑のなかに、草木の繁る小高い丘陵があった。

朝まだきから丘陵の麓《ふもと》に身を隠し、三人は何事かを待ちかまえている。

ふと、気づくと、桔梗が撫子《なでしこ》を摘んでいた。

紫でぎざぎざの花を熱心に束ね、はいと差しだす。

八郎兵衛は照れながら花束を受けとり、握ったままでいた。

太郎左衛門は、事を構える寸前まで策を教えないつもりのようだ。

いたずらを考えだした悪童のように微笑み、草に結んだ露を啜ったりしている。

頃合い良しと見極めるや指を立てて風向きを測り、嚢《のう》のなかから手袋《ゆがけ》をとりだして左手に塡めた。

つかいこまれた代物なのだろう。

鹿革の手袋は艶やかな光沢を放ち、枯木のごとき老人の腕を包んでいる。

「おぼえておいでか。わしは鷹匠じゃった」

十歳も若返ったように、太郎左衛門はうそぶいてみせる。

やがて、丘の頂上に大勢の人馬があらわれた。

朝陽を正面に受け、煌《きら》びやかな馬具が光っている。

「お殿さまじゃ。騎馬の供人だけでも五十はくだるまい」

ここは狩場なのだ。

太郎左衛門は、鷹狩りの期日を熟知していた。

狩りは殿さまの気分次第で催されることが多い。

ただし、時季や天候などの条件を鑑《かんが》みれば予想できなくはない。

これを、老人は正確に当ててみせた。

「なにをする気だ」

「お鷹懸かりに恥を搔かせてやるのじゃ」

「どうやって」

「ふふ、まあ、みていなされ」

――どどんどん。

陣太鼓が鳴りひびく。

草叢の鳥が一斉に飛びたち、あたり一面は騒然となる。

刹那、一居の鷹が飛びたった。

「梅鉢じゃ」

一朶《いちだ》の雲もない大空を、灰色の大鷹が悠々と飛翔しはじめる。

お鷹懸かりの三浦左近之丞は、殿さまの側に控えているのだろう。

ここからでは、遠すぎてみえない。

「はあ……っ」

馬群が土煙を巻きあげ、梅鉢を追いはじめる。

太郎左衛門の策がみえてきた。

梅鉢を捕獲する気なのだ。

「しかし、どうやって」

問う暇もなく、太郎左衛門は奔《はし》りだす。

敏捷な動きに虚《きょ》を衝《つ》かれた。

とても老人とはおもえぬ。

追いかけようとすると、桔梗に袖を摑まれた。

「伊坂さま、待ちましょう。餅《もち》は餅屋《もちや》にござります」

「餅は餅屋か」

この娘は、おもしろいことを言う。

触れれば火傷《やけど》しそうな熱情を宿しつつも、冷静なところもある。

ともあれ、太郎左衛門だ。

密生する繁みのなかに消え、みえなくなってしまった。

一方、騎馬の供人たちは、老人の影に気づいていない。

ひたすら、梅鉢を追いかけている。

梅鉢はとみれば、繁みの上空を幾度か旋回し、まっすぐ舞いおりていった。

すべての者たちが繁みをめざしている。

「相手は大人数だ。あれでは鉢合ってしまうぞ」

「伊坂さま、ご心配は無用です。さ、身を低く」

桔梗に促され、八郎兵衛はじっと待った。

嚢からとりだした糒《ほしい》を嚙む。

まるで、合戦気分だ。

腹に響くほどの馬蹄《ばてい》が轟《とどろ》き、興奮した供人たちの叫声が鼻先を過ぎていった。

後方からは、殿さまと馬廻り衆も追ってきたようだ。

一段と物々しい馬蹄と具足の音が響き、ここが合戦場であるかのような錯覚をおぼえる。

すっと、八郎兵衛は顔をあげた。

「なにをなされます」

「この際、討つべき仇《かたき》の面を拝んでおこう」

「おやめなされ」

「案ずるな」

三浦左近之丞は鹿毛《かげ》に鞭《むち》をくれていた。

鐙《あぶみ》を揺らし、颯爽と駈けてくる。

がっしりした肩、炯々《けいけい》とさせた双眸、八の字髭を生やした太々しい面構え。

脳裏に描いたとおりの悪人面だ。

「伊坂さま、身を低く」

桔梗に袖を引かれた。頭をさげる。

三浦と目が合ったように感じた。

鹿毛が嘶《いなな》き、脚を止める。
「いかがした、左近之丞」
裏返った声は、殿さまのものであろうか。
「はは、しばらくお待ちくだされい」
返事をしたのは三浦だろう。
かつかつと、馬蹄が近づいてくる。
八郎兵衛は身を固め、手にした撫子の束を捨てた。
いざとなれば、斬りこんで血路《けつろ》を拓くしかない。
馬が止まった。
鼻面まで二間もない。
「ふん、野鼠か」
三浦は吐きすて、馬首を返した。
しんがりの一団が風のように駈けぬけていく。
生きた心地がしない。
ほうっと、八郎兵衛は息を吐いた。
桔梗も眦《まなじり》をあげ、汗の滲んだ掌で小太刀の柄を握っている。
異変の徴候があらわれた。

「梅鉢は、梅鉢はどこじゃ」

殿さまが喚きちらしている。

供人たちはうろたえ、なかでも三浦の焦燥は手に取るように伝わってきた。

「梅鉢をさがせ、一刻もはやくさがしだせい」

人馬は密生する繁みに躍りこみ、そこらじゅうを踏みあらしはじめた。

奥行きは、かなり深そうだ。

どのみち、太郎左衛門はみつかってしまう。

「桔梗どの、覚悟を決めておけ」

「覚悟とは」

「斬りこむか、逃げるか。道はふたつにひとつ」

「ふふ、それにはおよびませぬよ。ほら、うしろ」

「なに」

八郎兵衛は腰を抜かしかけた。

突如として地面が盛りあがり、ぽっかり穿《うが》たれた穴の底から皺首がにょきっと飛びだしてきた。

「麻生どのか」

「驚いたかの」

「土竜《もぐら》かとおもったぞ」

「土竜、そりゃひどい」

太郎左衛門は、苦労しながら這いあがってくる。

「麻生どの、いったい、どういうことだ」

「狩場のことなら、わしは誰よりもよく知っておる。種を明かせば、地下に空井戸がござってな」

「掘ってあるというのか」

「ふむ。繁みの深奥からここいらへんまで、横穴で繋がれておるのじゃよ。土地の古老によれば、かつて、織田勢に攻めこまれた一向宗《いっこうしゅう》の残党も身を隠したそうな。井戸は網目のごとく縦横に掘られておる。おそらく、秘密の抜け穴として用いたのじゃろう」

空井戸のことはさておき、八郎兵衛は老人が手ぶらであることを不審におもった。

「梅鉢はどうなった」

「獲ったさ。餌につられ、わしの手に落ちた」

「殺したのか」

「まさか、鷹匠が鷹を殺すか。穴のなかに隠しておいたわ。この騒ぎが収まったら、とりにもどればよい。鷹は目隠しさえすれば、おとなしいものよ」

「ふうん、そんなものか」

「梅鉢を餌にして、つぎは三浦左近之丞を釣りあげる」

「なるほど、策士よな」

「老いぼれも、少しは役に立つじゃろうが」

繁みのほうでは、大勢の者たちが梅鉢をさがしつづけている。

鷹狩りにきて鷹を失っては、洒落《しゃれ》にならない。

三浦は殿さまからきつく叱られ、面目を失うことだろう。

山狩りのような喧噪を尻目に、三人はそっと狩場を離れた。

六

三日経った。

八郎兵衛は桔梗ともども、布袋屋の離室《はなれ》に逗留《とうりゅう》している。

肥えた留女は気を利かし、知らぬふりをした。

宿の主人も胸のすくような八郎兵衛の活躍をおぼえていたので、事情も聞かずに離室《はなれ》をあてがってくれた。

目隠しをされたままの梅鉢が、大きな鳥籠のなかで肉片を貪《むさぼ》っている。

「可哀想だが、明日までの辛抱だ」

声を掛けても反応しない。

飼いならされた鷹とは、じつにおとなしいものだ。

当初は驚かされたものだが、もう馴れてしまった。

「義父上《ちちうえ》はご無事でしょうか」

桔梗は不安の色を隠しきれない。

「心配はいらぬ。太郎左衛門どのは策士だ。それに、梅鉢という切り札がある」

「あとわずかで子ノ刻になります。真夜中の月もほら、皓々と」

「願掛けでもするがよい。二十三夜待ちの月に祈れば、願いは通じるというからな」

「はい」

桔梗は両手をあわせ、眸子《まなこ》を瞑った。

八郎兵衛にしたところで、一抹の不安は拭いきれない。

すでに二刻余りも、首尾を待ちつづけているのだ。

麻生太郎左衛門は大胆にも、三浦左近之丞の妾宅へ足を向けた。

三浦と直談判《じかだんぱん》におよぶためだ。

妾宅を選んだのは用人たちを警戒してのことだった。

要求は「梅鉢と交換にこちらで用意した口書きに署名せよ」というもので、口書きには初代梅鉢を毒殺した件《くだり》が連綿と綴《つづ》られていた。

三浦に選択の余地はない。

梅鉢を奪いかえすことができねば、身の破滅が待っている。

十中八九、こちらの要求を呑むと、八郎兵衛は読んでいた。

相手に要求を呑ませたら、すかさず、太郎左衛門は交換の日時と場所を明示する。

仇討ちをやりたいのかと、三浦は合点《がてん》するだろう。

藩の許可がない仇討ちは法度《はっと》なので、訴えでようとおもえばできる。

だが、三浦は受けざるを得ない。

梅鉢を生きたまま取りもどすためだ。

梅鉢さえ取りもどすことができれば、ほかのことはどうでもよい。

口書きを手渡したところで、相手を返り討ちにしてやれば、すべてを闇に葬ることができる。そう、算段するにきまっている。

太郎左衛門は、実直で名のとおっていた男だ。嘘は吐かない。指定場所に集うのは伊織の許嫁とほかに助太刀一名、おのれもふくめて計三名であると告げ、三浦もひとまずはこれを信じるだろう。

配下の金井と大河原の両名をともない、三対三で尋常の勝負をつけようと談判はまとまる。

「あとは、伸《の》るか反《そ》るかの勝負だ」

双方とも、生きのこりを懸けた戦いとなる。

八郎兵衛は、武者震いを禁じ得なかった。

しかし、肝心の太郎左衛門はまだ戻ってこない。

桔梗が、ふっと目をあけた。

「本懐を遂げたら、伊織さまも安らかに眠ることができましょう」

ひとりごとのようにつぶやき、両手をあわせる。

「桔梗どの。つかぬことを訊くが、伊織どののご遺骨は」

「無縁仏《むえんぼとけ》として葬られておりまする」

「どこに」

「実性院にござります」

「よくぞ、さようなことが許されたな」

実性院は大聖寺前田家の菩提寺にほかならない。

叛逆罪で切腹させられた者の遺骨など、通常ならば埋葬することはできないはずだ。

にもかかわらず、伊織の骨は寺院の片隅に埋葬されている。

はじめて出逢ったとき、桔梗が懸命に祈りを捧げていたのも、無縁仏として葬られた伊織にたいしてであった。

「ほどなくして麻生家は潰されてしまったわけだし、誰か尽力した者があったということか」

城の防備を受けもつ番方筆頭与力で、吉村九重郎《よしむらくじゅうろう》という反骨漢がいる。この吉村なる人物の果たした役割はおおきい。

はなしは三年半前に遡《さかのぼ》る。

清廉《せいれん》の士《し》として名高い吉村は、城代家老の加納修理之輔《かのうしゅりのすけ》を説きふせ、極秘裡《り》に伊織の遺骨を埋骨する暗黙の了解を得た。さらに、実性院へおもむき、逝ったものに罪はない、せめて遺骨だけは手厚く葬ってほしいと、渋る住職をまえに三顧の礼をもって頼みこんだという。

「吉村九重郎は、わたくしめの父にござります」

桔梗は、おおきな瞳を潤ませる。

「父は、伊織さまの人柄に惚れこんでおりました」

ゆえに、初代梅鉢の毒殺については当初より疑念を抱いていた。

だが、真相を究明する暇もあたえられず、伊織は腹を切らされた。

ひとたび沙汰がくだされれば、これを覆すことは夏に雪を降らせることよりも難しい。吉村は疑念を抱きつつも、あきらめざるを得なかったのだ。

しかし、桔梗はあきらめなかった。

酌女に身を変えて三浦左近之丞に近づき、酔わせて真相を訊きだそうとした。

「もしや、桔梗どののはお父上に真相を告げられたのか」

「はい。つつみかくさず、すべてを告白したところ……」

桔梗はことばを切り、袖で涙を拭う。

「……微動だにもせず、黙然とうなずきました」

伊織への深い愛情を知り、娘の所業を赦したのだ。

ただ、真相を告げられたところで、いまさら、というおもいは否めなかった。

もはや、初代梅鉢毒殺の件は風化しており、誰であろうと、寝た子を起こすような真似は避けてとおりたい。重臣たちにことばを尽くして訴えたとて、無視されるにきまっている。

もちろん、伊織を無縁仏のままにしておくのは気が重い。あまりにも哀れだ。麻生太郎左衛門の無念を鑑みれば、是非とも濡《ぬ》れ衣《ぎぬ》を晴らし、麻生家の再興はかなわぬまでも、せめて伊織の法名を寺の過去帳に載せてやりたい。

そう、吉村はおもったことだろう。

「されど、桔梗どのの告白だけでは弱すぎる。重臣一同は無論のこと、殿さまを納得させられるだけの証拠はみつけられぬということか」

「そこで、義父上が一計を案じてくださったのです」

「三浦本人の口書きだな」

「はい、一言なりとも嘘はございませぬ。三浦の口から洩れでた経緯を、できるかぎり簡潔にしたためました」

桔梗がしたためた書面に署名させれば、立派な口書きとなる。

口書きはいかなる証拠にも勝るので、入手できたら藩のしかるべき筋に上申するだけでよい。

「父の吉村九重郎は段取りを重んじます。本来ならば、こたびの仇討ちはあってはならぬことゆえ、手助けは一切できぬと、きっぱり申しました。ただし、本懐を遂げたあかつきには、三浦左近之丞の口書きは父を通して御家老さまのもとへ手渡されることとあいなりましょう」

「万が一、敗れたらどうなる」

「娘が斬り死にいたせしときは、胸に血染めの書状を抱き、三浦一党をことごとく斬りすてる所存と、父はかように申してくれました」

「凄まじい覚悟だな」

「事を表沙汰にするわけにはいきませぬが、伊織さまの菩提《ぼだい》を弔うことはできそうです」

「麻生どのにとっては、それが希望の綱でもあるわけだな」

「はい」

感慨に耽《ふけ》る八郎兵衛に向かって、桔梗は深々とお辞儀をしてみせる。

「伊坂さまに助太刀いただかねば、正直、勝てる見込みはありませぬ。こたびは、なんと御礼を申しあげてよいか」

「まだ早い。本番は明日だ」

「でも」

「それにな、わしはお人好《ひとよ》しで助太刀するわけではない。貰うものは貰う。こいつは麻生どのと交わした約束だ」

そういえば、報酬の金額をまだ訊いていないことをおもいだした。

まあ、よかろう。

山吹色の輝きよりも、桔梗の喜ぶ顔のほうがみたい。

やがて日付は変わり、太郎左衛門が戻ってきた。

「義父上、よくぞ戻られましたな」

桔梗は半泣きで出迎える。

「泣くのはまだ早いぞ」

「はい」

「安堵いたせ。首尾は上々じゃ」

太郎左衛門は尾行を警戒し、しばらくのあいだ町外れの荒寺に隠れていたのだという。

「刻限は明朝、巳《み》ノ刻じゃ」

場所は宿場から北西へ一里半の加佐ノ岬であった。

八郎兵衛は褥《しとね》についたが、一睡もできずに朝を迎えた。

七

突きぬけるような蒼穹《そうきゆう》を背に、海燕《うみつばめ》が群れとんでいる。

額に手を翳して彼方をのぞめば、薄墨《うすずみ》で描いたような能登半島がみえた。

風は強い。

加佐ノ岬の断崖に立つと、潮風にからだごともっていかれそうになる。

日本海の荒波が、岩膚《いわはだ》に当たっては砕けちった。

なんとも凄まじい音だ。

人の命など、じつにちっぽけなものではないか。

岬の突端は鳥瞰《ちようかん》すれば、巨大な斧が突きだしたようにもみえる。

頂部は半町四方もある平坦な岩場で、土の堆積した箇所は少し見受けられるが、草木は一本もない。朱の剝げかかった低い鳥居が立ち、鳥居をくぐって突端まで行きあたったところに小さな祠《ほこら》が築かれている。

金比羅《こんぴら》さんを祀《まつ》った社《やしろ》であった。

ここは霊場なのだ。

麻生太郎左衛門がこの場所を選んだ理由も、わからぬではない。

霊場を血で穢すことも厭《いと》わぬほど、強い覚悟のほどをしめしたかったのだ。

巳ノ刻、三浦左近之丞は鹿毛に乗ってあらわれた。

黒朱塗りの陣笠をかぶり、手には鞭を握っている。

ともすれば、殿さまとも見紛うばかりの豪奢な羽織袴を纏い、腰には華美な拵えの大小を差していた。

巨漢の大河原源右衛門と痩軀の金井兵馬も、ともに馬であらわれた。

三浦はひらりと馬から降り、隆起した手頃な磐に綱を掛けると、大河原と金井を太刀持ちと露払いにしたがえ、赤い鳥居をくぐってきた。

八郎兵衛、太郎左衛門、桔梗の三人は、小さな祠を背にしている。

祠の向こうは断崖絶壁だった。

左右も同じ断崖で、屈めば吸いこまれそうな気分になる。

「まさしく、背水の陣じゃ」

太郎左衛門は気負って言った。

鳥居から祠までは半町ある。

三浦一党は慎重に歩を進め、間合いを詰めてきた。

やがて、六人は対峙した。

金井と大河原は八郎兵衛をみやり、ぎくりとしたようだ。

「助っ人というのは、きさまか」

ぺっと、大河原が唾を吐く。

金井は主人にむかって、何事かを耳打ちする。

三浦は不敵に笑い、袖を靡かせながら近づいてきた。

威風堂々とした物腰だ。

腰に差した大刀も、三尺近くはある。

「そなた、居合を遣うらしいの。姓名は」

「伊坂八郎兵衛」

「出身はどこじゃ」

「江戸だ」

「流れ者か」

「それがどうした」

「わるいことはいわぬ、やめておけ。金子《きんす》が目当てなら、そこな老いぼれの三倍は出してもよい。身を退《ひ》かぬか、ん」

「断る」

「ほう、妙じゃのう。麻生家の縁者でもないおぬしが、なにゆえ、命を懸ける。武辺者の意地というやつか」

「ちがうな」

「ならば、なぜ」

「気に食わぬからよ」

「ほう」

「おぬしの面が気に食わぬ」

三浦は頬をひくつかせ、怒りを抑えこむように八の字髭をしごきあげる。

平静を装ってはいるものの、癇癪《かんしゃく》を起こしやすい性分なのだ。

「まあ、よかろう。ところで太郎左衛門よ、梅鉢はどこじゃ」

「背中の祠におる。口書きと交換じゃ。署名は」

「したさ」

「みせてもらおう」

「ふむ」

三浦は懐中から奉書紙をとりだし、両手でひらいてみせた。

たしかに、本人の筆跡で署名がなされている。

「約定は守ったぞ」

「ならば、寄こしてもらおうか」

「そうはゆかぬ。梅鉢の無事をたしかめてからじゃ」

三浦は顎をしゃくり、金井を祠に向かわせた。

「待て、その用人に口書きを渡せ。祠に納めるのじゃ、勝ったほうが梅鉢と口書きの両方を手にすればよい」

「考えたな、太郎左衛門」

「年の功じゃよ」

太郎左衛門に促されるまでもなく、八郎兵衛は金井の側に寄りそった。

祠まで同道し、観音開きの扉をあける。

梅鉢は目隠しをされたまま、肉片をつついていた。

祠の隅には、見事な蒔絵《まきえ》の描かれた硯箱《すずりばこ》が置いてある。

金井は硯箱の蓋をあけ、そのなかに口書きを納めた。

終始無言だが、五体に殺気を帯びている。

しかし、八郎兵衛の居合技を知るだけに、下手な動きはできない。

取引は成立し、六人は左右に分かれた。

あとは、斬りあうだけだ。

「老いぼれと娘と、それに野良犬が一匹か。足労した甲斐もないわ」

三浦は陣笠をはぐりとり、羽織も脱ぎすてた。

袴の股立ちをとり、襷掛けをしながら桔梗のほうへ目をやる。

「そなたが麻生伊織の許嫁か。男装束に身を変えてまで、わしを討ちたいのか」

「問答無用じゃ」

桔梗は小鼻を張り、身を低く構えている。

扮装は狩場に出向いたときといっしょで、芥子色の袖無羽織に伊賀袴、髪は茶筅に束ね、大刀を腰に差している点だけはちがう。

純白の鉢巻きと襷が初々しい。

「そなた、桔梗というたか。どこかで逢ったような気もするのう」

「ない」

きっぱりと否定し、桔梗は刀を鞘走らせた。

まずいなと、八郎兵衛はおもった。

昂《たか》ぶる感情のせいで、細い腕が小刻みに震えている。

止めようとした刹那、桔梗は地面を蹴った。

「三浦左近之丞、覚悟せい」

青眼の構えから、つんのめるように斬りかかってゆく。

間合いは一間半、まだ遠い。

三浦の脇から、大河原が飛びだしてくる。

「おなごめ、死ね」

大河原は剛刀を上段へ振りあげ、二階から振りおろすほどの勢いで斬りさげた。

「ひっ」

桔梗は爪先を地に埋め、眸子を瞑った。

想像を絶する恐怖に押しつぶされ、四肢が動かない。

やはり、真剣勝負は稽古とは別物だ。

幸いにも、大河原の一撃は空振りに終わった。

刃の切っ先は桔梗の鼻先を掠め、地面に突きささっていた。

「ほ、躱《かわ》しおったな。つぎは容赦せぬぞ。細っこいからだを膾《なます》に裂いてくれるわ」

背後から、太郎左衛門の乾《ひ》涸《か》らびた声が掛かる。

「桔梗どの、無事か」

抜刀した途端、老人は足を縺《もつ》れさせた。

手にした刀は竹光ではなかった。

それだけに、かえって危なっかしい。
「莫迦め、年寄りはすっこんでろ」
大河原が刀を振りかぶる。
萎縮《いしゅく》した桔梗の脳天に、ぶんと剛刀が振りおろされた。
そのとき、大河原の右脇をひゅんと陣風《じんぷう》がとおりぬけた。
八郎兵衛だ。
摺り足で滑るように迫り、愛刀の国広を抜くやいなや、素早く脾腹《ひばら》を掻《か》いた。
「のげっ」
巨漢は刀を振りかぶったまま、突ったっている。
脾腹を覆う着物が裂け、皮膚に亀裂が走った。
かくんと、腰の位置がずれる。
傷口がぱっくりひらき、血が噴きだした。
「ぶはっ」
口からも血を吐いた。
箍《たが》の外れた棺桶《かんおけ》のように、大河原の巨体がくずおれた。
八郎兵衛の刃は鮮血を曳き、つぎの獲物に襲いかかる。
真正面には、三浦左近之丞が身構えていた。

一足一刀の間合いを踏みこえ、右八双から袈裟懸けを見舞う。

これを、三浦は逆袈裟に弾いた。

──きいん。

火花が散る。

ふたつの影は、反撥《はんぱつ》しあうように飛びのいた。

「やるな、おぬし」

三浦は余裕綽々《しやくしやく》の台詞を吐く。

図体のわりには、身軽で素早い。

難敵だなと、八郎兵衛は実感していた。

八

「けぇ……っ」

突如、凄まじい気合いを発し、金井兵馬の痩軀《そうく》が奔った。

背後だ。

首を捻ると、金井が桔梗に斬りかかっている。

「くそっ」

八郎兵衛は動けない。
正面には三浦左近之丞がいた。
下手に動けば、水鷗流の餌食になる。
金井は、相青眼から突きを繰りだした。
これを偶然にも、桔梗は身を捩って躱す。
からだが蒟蒻《こんにゃく》並みに柔らかい。
おかげで命拾いをしたようだ。
「桔梗どの、退け」
横合いから、太郎左衛門が躍りこんでくる。
闇雲に刀を振りまわし、喉をぜいぜいさせている。
まるで、無間《むけん》地獄《じごく》の亡者のようだ。
すでに、冥界をさまよっているのか。
「死ねや、老いぼれ」
金井の振りおろした刃が、老人の左肩に引っかかった。
「あっ、麻生どの」
八郎兵衛は小太刀を抜き、力任せに投擲した。
つぎの瞬間、小太刀は金井の背中に突きささる。

「ぐえっ」

金井は、前のめりに刀を引きおろす。

太郎左衛門の着物が裂け、皮膚が三寸ほど縦に割れた。

鮮血が霧雨となって噴きだしてくる。

傷は深い。

肋骨がみえている。

「義父上」

桔梗が背後から駈けより、老人の痩せたからだを支える。

太郎左衛門は歯を食いしばって耐え、弱々しく声を発した。

「……あ、あやつに止《とど》めを」

「はい」

金井は生きていた。

背に刃を突きたてたまま、仁王立ちしている。

桔梗は青眼の構えから、つつっと滑るように足をはこんだ。

「とあっ」

乾坤一擲《けんこんいってき》、両腕をめいっぱい伸ばす。

天をも突かんとする勢いで、相手の喉を貫いた。

「ぐへっ」

破れ桶のように、金井は鮮血を撒きちらした。

刃を引きぬくや、桔梗は頭から返り血を浴びる。

そして、放心したように倒れこみ、意識を失った。

一方、八郎兵衛は三浦と対峙しながら、踏みこむ機会を窺っている。

用人ふたりが斬られたにもかかわらず、三浦は微塵の動揺もみせない。

「伊坂八郎兵衛よ、うぬの依頼主はあのざまじゃ。やめるなら、今じゃぞ」

「ほざけ」

「そうか。ならば、心おきなくやらせてもらおう。ひさかたぶりに腕が鳴るわ」

三浦は左手に刀をもちかえ、右手の掌を眼前に突きだす。

臍下丹田に力を込め、掌をさらに突きだす。

「むっ」

気のかたまりが渦となり、正面から襲いかかってきた。

「おわっ」

どんと胸を叩かれ、八郎兵衛の体軀が後方へ弾けとぶ。

驚いた。

あたまがくらくらする。

棍棒で撲られたかのようだ。

指一本触れられたわけでもないのに、一間ちかくも吹きとばされていた。

「唐土《もろこし》渡りの気《き》功術《こうじゅつ》じゃ。わしは気のかたまりを自在に操ることができる。ふはは、どうした。立たぬか」

「くそったれめ」

三浦の輪郭が揺れていた。

刀までぐにゃりと曲がってみえる。

軽い脳震盪《のうしんとう》を起こしたらしい。

「見くびったな。わしはただの鷹匠ではないぞ。そい……っ」

突きがきた。

躱す。

また、突きがくる。

二段、いや、三段突きだ。

鬢一寸で躱す。

躱した途端、頬を裂かれる。

血が飛沫《しぶ》いた。

つぎは、八双からの袈裟懸けがくる。

受けた。
火花が散る。
手が痺れる。
二合、三合と受けつづけ、頭が冴えてくる。
躱すのに夢中で、背後の崖際までの間合いを測りそこねていた。
「追いつめたぞ」
三浦は丹唇《くちびる》を嘗《な》め、刀を右脇に構えた。
わずかに後退する。
右足の踵《かかと》が、ずりっと滑る。
もう、だめだ。
退路はない。
奈落の底へ、小石がぼろぼろ落ちていく。
「死ね、野良犬」
最後の一撃は、下段からの逆袈裟だ。
これを待っていた。
が、もう遅い。
観念したとき、三浦の背後に人影が立った。

桔梗だ。

突きかかってくる。

「なんの」

ひらりと、三浦は反転した。

反転しながら突きを躱し、桔梗の側頭《そくとう》へ刀を走らせる。

その間隙を衝き、八郎兵衛は三浦の腕を斬りさげた。

「む」

太い腕が肘からちぎれ、桔梗の頬に撲りかかる。

「きゃっ」

血塗《ちまみ》れの右腕もろとも、桔梗は地面に倒れた。

「小娘があ」

三浦は低く唸り、左手で小太刀を抜いた。

右肘の斬り口から、からだじゅうの血が噴きだしている。

顔面は蒼白で、鬼気迫る形相になりかわっていた。

「阿呆、うしろだ」

地獄の鬼が首を捻った。

このとき、八郎兵衛は宙へ高々と舞っている。

振りあおぐ三浦の頭を飛びこえ、中空で反転しながら刃を振りおろした。

「ぬぎゃ……っ」

名刀国広は、頭蓋のまんなかを深々と割った。

「桔梗どの、止めを」

「はい」

桔梗は素早く身を起こし、地面すれすれから天に向かって両腕を放りだす。

「がはっ」

三浦左近之丞は、股間を串刺しにされた。

桔梗が柄から手を離すや、刃をぶらさげたまま、後ろの奈落へまっさかさまに落ちていく。

ひときわ大きな荒波が、岩肌に当たって砕けちった。

「桔梗どの、やったな」

「……は、はい」

桔梗は精《せい》も根《こん》も尽きはて、立つことすらできない。

唐突に、鳥の鳴き声が聞こえてきた。

空を仰げば、一居の灰鷹が飛翔している。

「梅鉢か」

祠をみた。

観音開きの扉がひらき、太郎左衛門が扉へ寄りかかるように眠っていた。

「逃がしてやったのだな」

最後の力を振りしぼって梅鉢を逃がし、それから永久《とわ》の眠りについたのだ。

「安らかな顔だ」

「まことに」

老人の死を悼《いた》むかのように、梅鉢はしばらく岬の上空を旋回しつづけた。

そして、能登半島をめがけ、力強く飛びさっていった。

九

葉月も終わり、伊坂八郎兵衛は小松の宿場から安宅関をめざしている。

道端に咲く黄色い花は、女郎花《おみなえし》であろうか。

鼻を近づけると、異臭を放つ。

よくみれば、五弁の小さな花に蟻《あり》が群がり、花を囓《かじ》っている。

囓ったところは赤く変色し、黄色い花が斑《まだら》になっていく。

蟻の発する酸《さん》のせいで、こうなるのだ。

「おもしろいものだ」

ふと、麻生太郎左衛門の語った酔芙蓉《すいふよう》のはなしをおもいだす。

今ごろは息子とふたり、雲のうえで酒でも酌みかわしておるのだろう。

実性院の一隅には、なかなか立派な墓もできた。

墓守は桔梗がしてくれる。

口惜しいことに、桔梗は剃髪《ていはつ》してしまった。

それだけ、伊織をおもっていたのだ。

空には鰯雲が浮かび、秋の夕陽は釣瓶落としに沈んでいく。

稲の刈りいれが終われば、豊穣《ほうじょう》を祝う秋祭りの季節がやってくる。

秋の野花が散るころには、雁《かり》の群れが渡ってくるのだろう。

雁は常世《とこよ》の使者ともいう。

太郎左衛門と酒を酌みかわす日も、そのうちにおとずれるやもしれない。

脳裏には、さまざまなおなごの顔が浮かんでくる。

五個荘で出逢ったおゆいの顔が浮かび、鯖江の宿場で契ったおちょうの顔も、桔梗の笑顔もはっきりと浮かぶ。

そして、どうしても忘れられないのが、片えくぼをつくって笑う遊女の顔だった。

「葛葉」

まことの名は、おしずというのかもしれない。

島原の妓楼で抱いた遊女に、どうしてここまでこだわるのか。

江戸を捨てた男の鬱々《うつうつ》とした気持ちを癒してくれたからか。

琴線《きんせん》に触れる優しいことばを掛けてくれたからか。

あるいは、許嫁の京香に似ていたからなのか。

よくはわからぬが、そのすべてであろう。

考えても詮無いことだ。

酔えば、すべてを忘れられる。

宙ぶらりんな生き様も、殺めた数知れぬ男たちの怨念もみな、忘却の彼方へ追いやることができる。

安宅関は、日本海をのぞむ小高い丘のうえにあった。

山伏《やまぶし》に身を窶《やつ》した義経《よしつね》と弁慶《べんけい》が、奥州平泉《ひらいずみ》をめざす旅の途上で立ちよった関所だ。

八郎兵衛が関所を指呼《しこ》においたころには、あたりはとっぷり暮れていた。

宵の静寂《しじま》に白波が閃き、寄せては返す波音が儚《はかな》げに聞こえてくる。

弁慶のように、下手な芝居を打つ必要もあるまい。

鑑札はあるし、路銀もある。

面相を関守に怪しまれたところで、罪に問われることはなかろう。

これまで犯してきたことのどれが罪でどれが罪でないのか、おのれにもよくわからない。

ふと、小松の宿場で小耳に挟んだはなしをおもいだす。

――安宅関の手前には、おさらしがあるんよ。

口減らしで奉公に出された女童《めわらべ》が、脅えながら誰とはなしに語りかけていた。

五日ほどまえから、若い男の生首が晒されているのだという。

尋常ならざる怖気《おぞけ》を感じ、八郎兵衛は足を止めた。

女童のいったとおり、晒し場がある。

周囲にはひとっ子ひとりみあたらず、半町ほどさきに関所の篝火《かがりび》が瞬いている。

跫音《あしおと》を忍ばせ、近づいてみた。

月影に青白く浮きあがってみえるのが、男の生首だ。

ざんばら髪の首が腐《ほた》れかけ、わずかにかたむいた恰好で晒されている。

武士ではない。

小悪党のようだ。

「ひどい臭《にお》いだな」

八郎兵衛は鼻を摘み、鳥の糞にまみれた捨札《すてふだ》をみやる。

――大塩平八郎に加担せし不逞《ふてい》の輩

どうやら、大塩平八郎の擾乱《じょうらん》に関わった者らしい。
名をみた。
「うっ」
声が洩れた。
――破戒僧源信
という文字が、目を射るように飛びこんできた。
「この男が」
葛葉とともに、自分を騙した男なのか。
かつては、梅若という名の緞帳《どんちょう》役者であったという。
だが、色男の面影は微塵もない。
眼球はふたつとも鴉《からす》に啄《ついば》まれ、鼻も口も原形をとどめていない。
憎しみというよりも、やりきれなさが募ってくる。
解《げ》せないのは、大塩の乱に関わったというくだりだ。
八郎兵衛は、大塩平八郎を義憤《ぎふん》に駆られた志士だとおもっている。
志士に協力した源信もまた、志士ということになってしまう。
「いいや、そんなはずはない」
ただの小悪党なのだ。

なにかのまちがいで捕縛され、斬首されたにすぎぬ。

突如、生暖かい風に頰を撫でられた。

背後から、女の囁きが聞こえてくる。

——おまえさま、そこでなにをなさってはるのや。

誰もいない。

「葛葉か……」

振りむくと、旋風《つむじかぜ》に枯れ葉が舞っている。

「……気のせいか」

八郎兵衛は足を八の字にひらき、身を沈めた。

国広を静かに鞘走らせ、闇を十字に斬る。

「妖魔退散」

邪気を祓《はら》い、刀を黒鞘に納めた。

そしてまた、何事もなかったかのように歩きはじめる。

「流れ流れて浮き草の生き様死に様数多《あまた》あり、痩せ枯れた身を急《せ》きたてて黄泉路《よみじ》をたどってまいりけん、生きて生きて生き生きて路傍の露と消えにけん、憐《あわ》れみ深き石仏《せきぶつ》の苔生《こけむ》す苔となりにけん」

遠くの篝火《かがりび》が、誘うように揺れている。

安宅関を越えれば金沢までは六里十八町、八郎兵衛は休まずに歩みつづけようとおもった。

小学館文庫
好評既刊

突きの鬼一

鈴木英治

ISBN978-4-09-406544-2

美濃北山三万石の主百目鬼一郎太の楽しみは月に一度の賭場通いだ。秘密の抜け穴を通り、城下外れの賭場に現れた一郎太が、あろうことか、命を狙われた。頭格は大垣半象、二天一流の遣い手で、国家老・黒岩監物の配下だ。突きの鬼一と異名をとる一郎太は二十人以上を斬り捨てて虎口を脱する。だが、襲撃者の中に城代家老・伊吹勘助の倅で、一郎太が打ち出した年貢半減令に賛同していた進兵衛がいた。俺の策は家臣を苦しめていたのか。忸怩たる思いの一郎太は藩主の座を降りることを即刻決意、実母桜香院が偏愛する弟・重二郎に後事を託して単身、江戸に向かう。